# 像苏东坡一样
# 诗意地生活

钟躁 著

中国青年出版社
全国百佳出版单位

图书在版编目（CIP）数据

像苏东坡一样诗意地生活 / 钟骥著 . -- 北京：中国青年出版社 , 2025. 5. -- ISBN 978-7-5153-7682-0

Ⅰ . I267

中国国家版本馆 CIP 数据核字第 2025GF8926 号

# 像苏东坡一样诗意地生活

钟骥　著

责任编辑：侯群雄　岳　超
出版发行：中国青年出版社
社　　址：北京市东城区东四十二条 21 号
网　　址：www.cyp.com.cn
编辑中心：010-57350401
营销中心：010-57350370
经　　销：新华书店
印　　刷：三河市君旺印务有限公司
规　　格：650mm×910mm　1/16
印　　张：15.5
字　　数：150 千字
版　　次：2025 年 5 月北京第 1 版
印　　次：2025 年 5 月河北第 1 次印刷
定　　价：77.50 元

如有印装质量问题，请凭购书发票与质检部联系调换
联系电话：010-57350337

# 写在前面

　　诗和远方，其实，就在真切当下，就在生活日常……

　　这一本小册子，是我以手机和指头为纸笔，随时随地抒情记事的阶段成果。如果还有一些意思与趣味的话，也算是网络时代的大环境中手机创作的一个作品。

　　从某个方面说，我的工作并不简单，然而却很单调枯燥，常常又很紧张繁重，有时在一段时间内还不太能四处自由走动。于是，想要改变这种单调划一，甚至于有些沉闷的状态。大约是在2016年的时候，我开始学习、背诵"千古第一文人"苏东坡的诗词。再进一步，采取"述而不作"的态度，以"苏诗集句、缀玉联珠，虚胸涵养、调神炼心"为主旨，借鉴俳句的形式，缀集东坡诗词中的句子，借情就景，络连成篇，以记情记事，更以为遣兴、怡情、养性和休息。

　　这些文字，有的纯粹是某种心情的感发，有的是读书的体会与联想，有的是案牍劳作之余有意的个人遣兴游戏，还有的是因为遇见某种小的情境、某个人、谈到某件事；有的句子是凭记忆而得，更多的则是翻检书册而来；有的铺陈并没有预先的设想，有的则是有意体现某一主题、营造某种意境；主要的是在从容的环境之中，慢慢思索的结果，也有的是在飞机、高铁等紧张的行旅途中的感触。然而，不论怎样，都是个人心情的表达，自认为还是比较纯粹自然的东西。或许，正因为如此，这些文字虽然浅薄，也成为与友朋交流、沟通，引起共鸣的一种途径。进而言之，在坚持与工作相当区隔的态度之下，也建立个人的小小精神园地。

最初，讲求学习与遵循俳句的格式，以"五七五"三句形式为主，也力求要有季语，并兼及平仄、用韵等要求。后来，愈加明白自己的诗才有限，真正要做到传神会意，"五七五"三句十七字是少而又少的，于是就以三节、四节乃至多节的"连俳"来表达。再后来，又有对偶联句、多种句式构成的"长歌"，甚而至于在叙说的句子中间，嵌入东坡诗词集句的种种尝试。也因此，希望读到这本小册子的朋友们，并不以唐诗宋词一样的音韵平仄格律，来看待和要求这些探索的文字作品。当然，我极其诚恳地盼望着来自各方面的批评与指正。

这一些，正可以说明，呈现在这里的，只是一种学习和探索的不成熟的结果而已。东坡语曰：

昨夜东坡春雨足，
先声已振越溪山。

最近，忽然起了一个兴趣，大致整理了一下几年来的这一类文字，竟然还算不少：主要通过微信朋友圈的形式，以及名为"美篇"的手机app发出来，也还有一小部分在个人电脑里存放着，全都加起来，总数在一百余篇。这些苏诗集句，或长或短，有的只有三两句，有的则数阕联篇，自己以为，也还稍稍有点意味。

整理时，发现有一些句子用了多次，这既因为诗的意趣，也因为个人的喜欢，更因为自己所记所感发的还很浅很狭窄。因此，虽然剔除了一些，但留下来的，仍然有用了几次的情况。或许，这也是集句诗不可避免的情况吧。另外，以手机发出这些文字时，往往配有图像摄影，情与景相融，比较容易生发人的共鸣，因此，也就对叙说的文字作了进一步的阐发，想要弥补缺乏图景的不足。然而，总的是一如其旧，忠于其时其事：这本来就是个人生活的一种记录。

除了少数的篇章作了调整以外，大致以时间为序，一一排列下来，缀玉联珠，名之"像苏东坡一样诗意地生活"，用以表明这些文字的主旨和意趣。间或，还有几篇唐人诗的集句等，也一并汇集在一起。为了阅读方便，除唐诗或其他诗人集句外，凡是苏诗集句，均标以"东坡语曰"而不注明每一句的出处。

最后，还要再说一遍的是，这确只是一个阶段的成果。事实上，我现在以"生活道"、"醉东坡"等为题目，继续进行着东坡诗词集句形式的抒情记事。有一段时日，我的睡眠很短，每每在很早的清晨醒来，虽然并没有特别明显地影响到自己的工作与精神状态，但却有一个如何把清晨醒着的时间打发掉或者利用好的问题。于是，在这样的情形之下，我曾向人提起，要以东坡编年的词集为引子，大致地按照顺序一篇一篇进行下去，集一个特别系列的成果出来。在那一个系列里面，不仅叙述的内容，还有表达的形式，都想要作新的一些尝试和探索。然而，这是以后的事情了。

二〇二一年五月八日，是为记。

早上，踏进地铁车厢的时候，脑子里突然冒出几句话来：

日常事情认真做，

简单事情用心做，

单调事情坚持做，

重要事情全力做，

困难事情咬牙做，

复杂事情统筹做，

长远事情谋划做。


认真是成事的基础，

用心是成事的灵魂，

坚持是成事的关键。

善于从做事中发现生活的意义，

我们一定创造奇迹！


这实在是有感而发。每天早上，我乘地铁上班，4站路程，8分钟。自己就想，不能让这8分钟时间闲着了。我想到的，是每天背一首苏东坡诗词。实行这样的计划，居然坚持很有一段时间了。而就在这坚持中，慢慢地，竟得到了许多乐趣、收获，还有成长。东坡语曰：

> 月上九门开，
> 而我食菜方清斋，
> 聊与故人谈。

这是清风明月夜，摆上几碟小菜，斟上几盅小酒，与三两故旧悠悠闲谈。

说话间，慢慢回忆起一些陈年的往事，还有散布在各处的同学、师友、亲人。东坡语曰：

> 故人渐远无消息，
> 相望落落如晨星。
> 记取江南烟雨里，
> 半篙流水赠君行。

还有，少年时代的种种快乐，或许是一众伙伴们共同郊游嬉戏的情景。东坡语曰：

> 江上西山半隐堤，
> 雾鬟风鬟木叶衣。
> 欲棹小舟寻旧事：

　　梦随风万里，

　　算只君与长江，

　　翩然欲下还飞去。


　　这个，则是当年一起追过的女孩。或许，她还藏在其中一人的心间。那个人，是不是你？东坡语曰：


　　知君仙骨无寒暑。

　　风雨过，

　　一江春绿，

　　梦中了了醉中醒，

　　从此丹唇并皓齿，

　　照见人如画！


　　谈着谈着，大家都没话了。东坡语曰：


　　一朝寂寞风雨散，

　　梦回疏影在东窗。


　　正是久坐无言时候，你的心，就有些空明，悠悠浸进来，浸进来。东坡语曰：


　　阶庭秀芝兰，

坐看变灭如春雪,

心境两奇绝。

002

　　就在半山腰的地方，树木掩映之下，有一些佛像崖刻，神态各异，但都很有生气，灵韵活泼，确是栩栩如生的样子。在其中的一片石壁上，还读到了乾隆的一首诗。据说，他是最多产的"诗人"，然而，眼前的这诗并不能引起我丝毫的兴趣。只是，此时此景，却也引发起一点点思绪，忍不住凑成几句诗：

　　　　冬阳西照风萧萧，
　　　　今古推移几春秋？
　　　　四面远山长敛黛，
　　　　万家忧乐驻心头！

福州，上一次来，已经是好几年前的事了。而且，那时只是参加一个会议，会议一结束，即赶往机场而归返，所以，对这座城市并没有任何较深刻的印象。

这一次就不同了，所居住的这一家宾馆，算是在城市中心，却紧临一个水面不小的湖，一座不小的博物馆。在湖心的小岛上，林树中间，还隐藏着一座小小寺院。"久参白足知禅味，苦厌黄公聒昼眠。"清晨走过寺院，门外是三五人群，做着健步向前的功课。门内，似乎依约可见一种深度，一种奇异的生活态度：喧嚣与宁静，进取与淡泊，世事与禅思，就在这里和平地共存着。

刚刚知道，北京已经下了这个冬天第一场雪，还不小。而我走在这里，却处在潮湿闷热之中。

> 遥远的城市
>
> 亲切而陌生的歌声中
>
> 我捧掬一泓灿烂
>
> 青春的阳光
>
> 猛烈地
>
> 深吸一口
>
> 北京的雪

秋天来了。

前两天，到八大处公园，地方是绝好的地方，然而就是人太多了。而此时，正午时分，漫步在这园子中，空无一人，味道却还要更好一些。只有阳光、空气，却令人想起故乡，湖南乡间的春天与秋天，轻快地走在草径上的情形。东坡语曰：

> 无人鸟相呼，
> 陌上山花无数开，
> 归路醉眠中。

> 无人鸟相呼，
> 今年秋熟君知否？
> 归路醉眠中。

《世说新语》中说：

> 从山阴道上行，山川自相映发，使人应接不暇。若秋冬之际，犹难为怀。

路旁的林坡上，树的叶已是极其稀疏，光秃秃的。只是在柿子树的枝头，依旧倔强地挂着红透了的柿子，一枚一枚，灿烂而又纯粹。仰头望上去，映照着高远湛蓝的天空，格外令人神清气爽。不禁想起据说是陈继儒的句子来：

> 山经秋而转淡，
> 秋入山而倍清。

006

　　晨起登山，近眺北京城。寒风拂面，然霞光勃勃初起，甚有生气，照射在远处湖中的冰面上，冷峻、严肃而又耀眼。更有城市街道尚未熄灭的路灯、车流的灯光，与朝霞的光芒交相辉映，构成刻画在心头的景象。东坡语曰：

　　　　晓日照江水，
　　　　寒空净无迹。

　　这时候，我脑子里涌现出来这样的念头：这个世界，是如此朴实、硬气！东坡语曰：

　　　　日出露未晞，
　　　　仙风铮然韵流铃，
　　　　孤客倦登临。

　　　　鸡鸣不废时，
　　　　共看银阙瞰朝霞，
　　　　似高还似痴。

晨起启窗，寒风扑面而呛鼻，因即复闭户，是为霾也。东坡语曰：

> 幽明莫相猜，
> 北望飞尘苦昼霾。
> 急扫清风宇！

这寥寥几句发出去，有朋友评论说，这是"身陷重围而不减雅趣"，于是他也集东坡诗来回复我说：

> 笑说龙为友，
> 平生睡不足，
> 洗心聊复寄东斋。

008

这几天，依旧困于霾，而且，各地也多面临着与霾相纠缠的困境。心有所想，就去东坡诗中查找了，还真有关于"霾"的述说，但在他那里，虽然有我们今天所说的"霾"，更多的却是云气，或者是云雾。比如，《过庐山下》说：

> 予过庐山下，云物腾涌，默有祷焉。未午，众峰凛然，故作是诗。

里面有句云：

> 乱云欲霾山，
> 势与飘风南。

这里的"霾"，似乎便是云雾，飘荡的云，涵养着水气的云。而现在身处其中的霾，却令人极其不爽快，甚至于窒息。

两相比较，就又想起少年时候的故乡，现在，已经成为一个国家级的自然保护区。在那里，山林、村落、水流、人物，鸡鸣犬吠、鸟兽栖息，经常处在云气朦胧之中，悠闲自在，淡然宁静，而又清澈澄明。东坡语曰：

城上乌栖暮霭生，

时出紫翠岚。

那种种神秘的妙处，是不足为外人道的。

还有一次，天还算早，我在林子里边砍木柴。那个时候，都是烧木柴来烧水做饭，材料多以生长缓慢的灌木为好，因为木质硬密坚固，燃烧起来烟气少。就是现在很金贵的檀木、楠木，也是并不少见的。专心劳作的过程当中，突然就望见远远的天上，出现了一个奇观：头顶上，是完全的湛蓝青碧，无一丝云彩；再往西去，则是厚厚的云层，纯粹、洁白，无一点杂质；而中间，仿佛是以一把直尺为准绳，细细地切下来。同一天空，两个境界，直至无边无际……

我站在夜空下的房子边上，回忆起当时的情形，就想：这，该使人生起怎样的向往啊！东坡语曰：

夜开丛竹轩，

心月皎皎长孤圆，

独照一天碧。

009

　　昨夜，今晨，独自一人，两次登山，都是朗月当空的景象。正所谓：昨夜寻僧入古寺，寒看清月，似对幽人语；今晨再望北斗斜，竦听松风，暂立忘百忧。东坡语曰：

　　　　人生如朝露，
　　　　隐如寒月堕清昼，
　　　　梦绕千山碧。

　　　　万事付等闲，
　　　　独携天上小团月，
　　　　漂散向人间。

　　　　起听风瓯语，
　　　　洞箫声断月明中，
　　　　犹胜人间曲。

　　　　光摇岩上寺，
　　　　乱山衔月半床明。
　　　　相对自忘忧。

青春先入睡，
鸡鸣月落凤驭还，
胡不归去来？

举酒邀青山，
山头孤月耿犹在，
慰此百日愁。

朝游云霄间，
月明惊鹊未安枝，
无人空自奇。

忧来自不寐，
素月流天扫积阴，
俯仰今古情。

谁知南山下，
云月长临不夜城，
归去瑶台路。

有朋友回复说：

生生不息，
万盏华灯垂天地；
熠熠可鉴，
一轮皓月照古今。

林间漫步，一树花开，乃春消息也。

我想，这个季节的故乡，怕是早已经漫山遍野繁花乱开了。

不知怎的，一个在脑中无数次浮现出来过的情形，这时又出现了：少年时候有一次在山上干活，远远听到有人"坎——坎——坎——"砍伐树木的声音，一直在山谷间久久回荡，撞击着耳朵，那是极重的体力活了。

间或，又有歌声传来，时而低沉，时而高亢，也与在歌剧院里所听到的不同，它并不太连续，有时甚至还单调；然而凝神静听，觉得已经完结的时候，那声音一顿一挫，却重又起来了，不仅起来，还连续不断地进行下去。

其实，并不能听清楚那唱的词儿，却又总觉得与那春天、那山林相契合；那曲调，也并不悠扬，却又总能印到心上去。

我知道，那便是俗语说的山歌，是干力气活的人所唱的。

就在那一天，我在一片油茶林下边，在茂密的松树林间，碰到村子里的一位大叔，他正从油茶树上采撷一片一片的"茶舌""茶苞"来吃。传说他是一个有"道术"的人，却并不是"道士"。

"道人修道要底物，破铛煮饭茅三间。"我常常以为，他就是唱那山歌的人，而且，是一个"得道"的人。东坡语曰：

行歌白云岭，

陌上花开蝴蝶飞，

忽闻道人归。

011

东坡语曰：

　　官舍有丛竹，
　　娟娟缺月隐云雾，
　　春禽始嘤呦。

听说，国家博物馆有一个很好的展览："卢浮宫的创想"。于是，趁着周末无事，有一些闲暇，就赶去看了。

　　意想不到的是，竟然可以拍照，于是拍下数帧印象深刻的展品，回来细细欣赏：一幅是名为"猴子古董商"的油画，一只猴子，斜倚在椅子上，拿着放大镜，仔细察看手中的宝物，而周边是杂乱堆放的各种古董；另一幅，则是裸露上身的男子雕塑，身上搭了一条浴巾，半低着头，一个人严肃地坐在那里作出深度的沉思；还有一幅名为"弓箭手"，是彩砖构成的壁画，那白多黑少的眼睛，手持的长矛，肩负的箭袋，令人看一眼就很难忘记其中透露出的精神：坚毅、坚忍、向前。东坡语曰：

**猴子古董商**
难在忘势利，
楚人休笑沐猴冠，
杂沓来趋班。

**坐姿男子**
阅世走人间，
西来达摩尚求心，

危坐试僧禅。

**弓箭手**
君看霜雪姿，
臂弓腰箭何时去？
临别尚迟迟。

013

风正劲。疾走林中路，无鸟飞、鸟鸣，唯于高树枝头，有硕大的一只空巢，与风相摇摆、共舞蹈。东坡语曰：

飞云满岩谷，

人间羞乐胜巢仙，

往意浩无边。

014

晨间、午上，清风、高天、山花、松鼠。这一刻，"轻安"二字，实足为我观花的体会。东坡语曰：

目眩山樱然，
遥知二月春江阔，
往事不可还。

飞泉飘乱雪，
送我长芦舟一叶，
五年得轻安。

"春禽始嘤呦。"偶忆及少年时候，清明时节的种种情景。东坡语曰：

> 深林闻杜鹃，
> 遥知二月春江涨，
> 妄意觅桃源。
>
> 谁知南山下，
> 晓日令涵草木姿，
> 独掩悬罄室。
>
> 草木媚深幽，
> 至今流润应江潮，
> 双泪寄南州！

016

    清晨即起，登山、下坡。园中林树间，一地落英，一面予人以生命露水魂消的惆怅，一面又给人生命轻润自然的亲切。

    春来也，春去也。一时起思，直令人欲"嗅落英"。东坡语曰：

> 摇荡花间雨，
> 漫绕东篱嗅落英，
> 依约是湘灵。

017

园子里的牡丹开了。

历来，人们似乎对牡丹有特别的偏爱。《唐语林》记载说：

京师贵牡丹，佛宇、道观多游览者。慈恩浴室院有花两丛，每开及五六百朵。僧恩振说：会昌中朝士数人，同游僧舍。时东廊院有白花可爱，皆叹云："世之所见者，但浅深紫而已，竟未见深红者。"老僧笑曰："安得无之？但诸贤未见尔！"众于是访之，经宿不去。僧方言曰："诸君好尚如此，贫道安得藏之？但未知不漏于人否？"众皆许之。僧乃自开一房，其间施设幡像，有板壁遮以幕。后于幕下启关，至一院，小堂甚华洁，柏木为轩庑栏槛。有殷红牡丹一丛，婆娑数百朵。初日照辉，朝露半晞。众共嗟赏，及暮而去。僧曰："予栽培二十年，偶出语示人，自今未知能存否？"后有数少年诣僧，邀至曲江看花，藉草而坐。弟子奔走报：有数十人入院掘花，不可禁。坐中相视而笑。及归至寺，见以大畚盛之而去。少年徐谓僧曰："知有名花，宅中咸欲一看，不敢豫请，盖恐难舍。已留金三十两、蜀茶二斤，以为报矣！"

这个故事有点意思。牡丹自有一种天然的气度，自在从容，雍容尊贵，卓尔不群。而这园子里的牡丹，在知道的人们中间，也无不留有深刻的印象，曾经就有熟识的人，想要专门到这园子里来赏叹。这与慈恩寺的牡丹，似乎有相类似的意味了。东坡语曰：

> 朝随白云去，
> 笑舞春风醉脸丹，
> 陶然有余欢。

伏案埋头工作，不觉就是一天了。偶眺窗外，蓦见天碧如洗，更有云龙与云凤逸飞，不禁神向往之。东坡语曰：

光景如湛卢，

霓裳萧散羽衣空，

天姿俨龙凤！

园子里的山花盛开，林间草地上，各色的野花也竞相绽放，有种种生意。徜徉其间，不禁心生轻安之感。东坡语曰：

> 林缺见河奔，
> 春风陌上惊微尘，
> 花如破红襟。
>
> 旧隐丘墟外，
> 陌上山花无数开，
> 谁识此闲趣？

晨起，至园中。仍如昨日之满天黄沙，且又加添上一阵阵的骤风，心有不乐。于是，就想象而景仰着别一种情景。东坡语曰：

满陌沙尘黄。
明月夜，短松冈，
俯仰今古情。

021

在小区里面疾走，虽然是很小的院子，但却并不妨碍墙边路角一丛丛月季花的盛开：春天原来到我家！

不禁想起若干年前，因为工作的关系，住在一户农民家里。门前是一座木桥，桥下是流淌的清溪。桥对面，是弯弯曲曲、一小块一小块的梯田，顺着山坡一级级上去。田野上面是高高低低的林树，春天的时候则成为一坡繁花。只不过，那花是自己自由地生长出来的野花。

那是在山谷里头，四围的山甚是高峻，几乎没有电视信号，各种定期的书报杂志也不能及时送到。要想迅捷知道外面世界的消息，唯有通过一只小小收音机，而信号也往往嘈杂不清。于是，处在这种隔绝的环境之下，更多的只能是读书。东坡语曰：

何时翠竹江村路，
一犁烟雨伴公归。

无数个那样的夜晚，我所做的，是把读与思当作本来的目的，和着潺潺的流水声音，吟读、背诵《唐诗三百首》；研读毛泽东关于农村调查的著作，这是我当时和以后工作的重要指导；还有，不同版本凑成的一套《新概念英语》，因为，那时候正在预备着报考研究生。就是在那个时候与那样的环境中，我从小小山村走到了上海，最终又来到了北京。

此景此情，至今历历在目！东坡语曰：

村落去携杖，

野桃含笑竹篱短，

依依闻暗香。

园子里的杏、李，还有樱桃，日见一日长出来了。见了这一掬青翠，自然十分喜欢，身心轻安。东坡语曰：

遥知紫翠间，
青李扶疏禽自来，
渊明赋归去！

023

　　清晨，走在林间。突然就想起，在若干年以前，与三五友朋谈天说地，有一人对海德格尔的名著《林中路》称赞不已——这一位朋友，现在已经在研究极高深的学问，并教授哲学专业的博士生了。而弗罗斯特也有这样的诗："林中有两条路，你永远只能走一条路，怀念着另一条。"读这样的句子，走在"林中路"上，引起人的无穷遐思。东坡语曰：

　　　　小窗幽更妍，
　　　　听取林间快活吟，
　　　　苦乐永相忘。

024

清晨的阳光下，突然间发现，樱桃透出一丝丝的红色来了！实在令人有采撷几颗，先尝一口的念头。东坡语曰：

探春先拣树，

一颗樱桃樊素口，

起寻梦中游。

025

　　久坐会伤神。整整一上午，独自在屋子里，紧盯着电脑干活，到了专注的程度，丝毫没有挪动。等意识到有点累，已是正午时分，于是缓缓登山，透透空气，晒晒太阳，补补钙。

　　山寺长廊小坐，余一人矣，思之念之也。寺内寂寂无声，阳光、空气，都是很好，只有些停顿、空灵的感觉。廊墙上有几面扇形的窗子，却望不远，因为窗外即是一棵棵的高树，茂密的树叶挡住了视线。这时候，唯闻远处的环路上，无尽的车流滚滚来往，窃意已近天下事也。东坡语曰：

　　　　禅窗丽午景，
　　　　事如春梦了无痕，
　　　　无厌空且静。

或许是季节的缘故，早晨的林树上边，这几天的松鼠尤其多，而且活泼。看着它们在枝头迅捷地活动，有时还从一棵树上惊险地一跃，直跳到路的另一边的树上去，内心也忍不住为之一紧，一惊，一兴奋。

　　少年时候，故乡的山林里，松鼠也是多的，似乎所穿的衣裳也要颜色、花样多一些。我所指的，是它们的毛色。

　　然而，那时候更多的还有在竹树间讨生活的竹鸡。竹鸡往往成群地活动、栖息。据说，到了夜间，用手电筒一照，它们全都在竹枝上呆住不动。这时用一杆土枪射出铁砂弹去，常常会打中好些只来。

　　不过，竹鸡于我的印象，却总是健康、灵活，不停地低声啼叫，是招呼同伴，也表示对生活的信心，以及自己的无穷欢乐。


　　　　花暗竹鸡啼，　　　　（慧　秀）

　　　　茂林处处见松鼠，　　（陆　游）

　　　　千古壮闲心。　　　　（林　逋）

027

从早上一直忙到中午，久坐干活，出门透气，才觉得闷与热一同起来了。回屋翻书，又翻到东坡的《和黄鲁直烧香二首》，认真体味其中修"法"的意思。

细读细品，不觉欣喜轻安：原来，读诗亦可消夏！东坡语曰：

人间胜绝略已遍，
凭仗相扶，
误入仙家碧玉壶。

凭花说与春风知，
寸阴虚度，
神药人间果有无。

多年未见也未联系的一位旧友，突然从微信的朋友圈里跳了出来。这时候，正是清晨，我在山亭里边，近眺北京。

这位朋友，是我在上海读研究生时的同学，看其朋友圈的动态，有母校的校园景物数帧，遂引起许多的回想。

上海，是我自主地走上人生之途的新阶段的起点。那是1993年，我去念华东师范大学政治学专业的研究生。至今记忆犹新的是，我自湖南西部的一个小小的山村出发，因为买不到座位，就在火车上一直站了近四十个小时，赶到学校去参加研究生的复试。当我背着牛仔包，走出上海火车站，拿着一张地图，翻来覆去看不明白的时候，内心是多么的惶恐不安：我还从未见过实际的城市高架路桥，实在不知道怎样才能到公共汽车站去！

要说起来，那时候，距离邓小平发表著名的南方谈话不远，也正是上海发展的一个新起点：到处都是工地，到处都在建设！我的一位老师说，一天二十四小时的工地机械夯打的声音，别人，是噪音，而在他，是动力，是生命。也就是在那样的环境下，我与一群人，奔跑着向前，向上！东坡语曰：

绝境自忘千里远，

陌上征夫自不闲。

　　离开上海几年后，我又负笈北上京城，继续求学、工作、生活。其间，数次返沪，谢恩师，酬友朋，徜徉校园，乐无穷也，思无尽也。

　　戏缀邵雍的诗数句，以记之。

　　　　秋阁一凭栏，

　　　　西至昆仑东至海，

　　　　梦里到乡关！

今天是 5 月 20 日，我一个人在办公室加班，安静、从容、实在。午间在园中走一小圈，突然注意到林间草地上有一块石头神似什么，也许是青蛙，又似乎是老虎，说不清楚。或许，这正是一个欲说还休的故事。东坡语曰：

> 蛙鸣青草泊，
> 丑石半蹲山下虎，
> 意欲相嬉娱。

东坡语曰：

春深桃杏乱，
湖面新荷空照水，
胡不载之归？

张承志的《北方的河》，是许多年前，我阅读过无数遍，也为之感动过无数遍的一部小说。我清楚地知道，那个故事里贯穿在字里行间的关于奔腾不息、汹涌澎湃之于青春、生命的意义，依旧停留在自己的思想和血液里。

手边一时找不到这本书，于是上网去查阅，发现网上有许多这部小说的经典名句的摘抄。

然而，这些摘抄中，却没有我第一次阅读时就深深刻在了心中的一句话：

*你是在奔跑着生活。*

*你不觉得太累了么？*

都市清风夜，正是月华初上时分，蓦然心动。只不知，这是不是禅的某一境界？

斜汉月初生，　　　　（翠岩可真禅师）

照破山河万朵，　　　（茶陵法师）

荡荡心无著。　　　　（六祖慧能）

加班一直到凌晨一时，竟然不累，脑子依然保持着兴奋，失眠了。至五时，干脆动身出门，于星星点点的微雨中，独自一人登上山去。

山间亭榭小坐。远处环路上，车流声音滚滚而来，或许因为时候还早，这声音似乎较白天也纯净些。稍息稍静，入耳的，是种种小鸟的叽喳声；再息再静，则可听到间或的悠扬声音。东坡语曰：

山雨潇潇过，

幽鸟向我鸣：

霞衣谁与云烟浮？

你可以想见，几只春天的鸟，站在枝头，欢快而又婉转地鸣唱，尽情展示它们的歌喉，这是怎样的神曲！而这时候，又有一声高过一声的杜鹃，"布谷、布谷"，嘹亮、清脆、穿透，声声浸入人的心里边。更神奇的是，一只披着五色锦羽的大鸟，从林树间飞起，于栏外天空处，以自由美丽的身姿掠过，盘旋萦回，低昂飞翔。

刹那间，我终于明白了境由心生的道理。

此一刻，眼前的世界，是如此生意盎然！ 东坡语曰：

深林闻杜鹃，
西山一上十五里，
看洞天星月！

小圃傍城郭，
杜鹃催归声更速，
远在天一涯。

春禽始嘤呦，
千畦细浪舞晴空，
天姿俨龙凤！

突然想到，自己学习集苏诗，等于"东坡语"，东坡言说也。与"东坡"相对应，有"西山"，"西山云"，亦为言说。无论"东坡"还是"西山"，都是关乎"溪山"。连起来，可以"西山云·东坡雨"为题目，抒情记事，述说生活的种种乐趣和美丽。东坡语曰：

　　　　我在东坡下，
　　　　溪山雪月两佳哉，
　　　　清坐忘百忧。

　　　　溪山久寂寞，
　　　　聊同笑语说东坡，
　　　　野花弄闲幽。

　　　　惟应故山梦，
　　　　枕上溪山犹可见，
　　　　东坡无边春。

　　　　溪山有何好？

愿从苏子老东坡，
相逢说旧游。

水流天不尽，
西山烟雨卷疏帘，
长诵东坡诗。

飘摇忘远近，
朝来爽气在西山，
散为百东坡。

君言西山顶，
谁识东坡不二门？
归耕当及辰。

偶似西山夫，
欲问东坡学种松，
万事一笑空。

## 这也是粮食

那时，我还很年轻，正在乡里工作。有一天，我们到大山里头，要去访问一位尊敬的长者。我们弯弯曲曲走了大半天的路。东坡语曰：

> 谪仙固远矣，
> 欲寻万壑看交流。
> 石扉三叩声清圆，
> 更结人间未了因。

山是高山，径是微径，但总让人想象，那就是神仙居住的地方。而事实上，这位长者也曾写过几篇优美的文章，来进行这种神奇的描述。

下得山来，已是晚上八九点钟，幸运的是，还能搭乘一辆运送粮食的货车回去。车在山间行驶，我们三五个人就坐在车厢里面，半靠在大包大包的粮食袋上，没有人说话。

同车的，还有两个山里的女孩，她们随身携带的是书包，还有妈妈给捎的食物。我想，一定有油辣椒炒的腊肉，那会是她们在学校好几天的美食。

　　我一问，她们周五放学回家，帮父母干了两天农活，今天是周日，正要赶回学校去上课。

　　正是秋收季节，空气中弥漫着一种温暖亲切的味道。头顶上，是一轮金黄金黄的圆月，随着山路的弯弯曲曲，在天穹、在树梢，时高时低，时前时后，时隐时现，显得特别圆、格外亮、尤其近。

　　那是多么令人难忘的景象啊！实际上，从那时起，那一轮硕大的明月，就一直深深印在我的心里头。而明亮的月光之下，是活泼生动、健康灵动的两个孩子，正从田地里的劳作中归来，返回学校去读书求学的身影。

　　这时候，我脑海里总要冒出一句话来："这也是粮食！"东坡语曰：

大哉天地间，
谁向空山弄明月？
皎皎似吴姝。


今年秋应熟，
明月行看照归路，
相逢说旧游。


妄意觅桃源，
野客归时山月上，
远在天一涯。

## 森林中的树皮小屋

记得小时候，冬天很是寒冷。我不知道，这是不是现时气候变暖的一个证据。上学时除了背书包，还得拎着一个小小烤火箱。烤火箱是一个木盒，中间放一个陶钵，把火炭埋入火灰中，小心控制好了，那热量勉强能够温暖半天。要不然，课上下来，还真得冻坏了。而烤火所燃烧的木炭，都是爷爷和伯父在大山里烧好，我自己去山里挑回来的。

记得有一次，我与堂兄两人去山里挑木炭。东坡语曰：

冰雪消残腊，

萧萧松径滑，

有风北来寒欲僵。

回家的路上，开始下起小雨，北风凛冽，那雨真是很冷了。寒风一阵紧似一阵，吹得松树干哔哔啪啪地响，真让人担心突然会折断倒下来。走在湿滑、崎岖的山路上，全身都湿透了，正是又饿又累，又添上冻，我嘴唇发紫、全身发抖，几乎说不出话来了。

　　正在这时，我们看见路边避风处有一个小茅屋。赶紧进去，从担子上拿出几小块木炭，生起一堆火，使劲烤，使劲烤，慢慢地身体才暖和过来。

　　那是一个普通的树皮小屋，简单、朴实、半开放，其实只能算是一个简陋的棚子，屋顶和四壁都是用剥下来的大块杉树皮搭的。这种小屋在乡间很常见，田间用来看守瓜地的小棚，山林小径上供人歇脚的凉亭，往往都是用杉树皮搭盖的。这种树皮小屋，虽然平常，然而因为自己特殊的经历，许多年来，我依然十分怀念，一想起来，总给人以温暖和亲切。东坡语曰：

　　　　雪阵风翻扑，
　　　　竹篱茅屋趁溪斜，
　　　　满树写天书。

037

晚上，在园子里散步，满耳充盈着的，都是树下草间虫子不歇的低吟。这真是太熟识不过了，因为，我在少年时候，就度过了无数这样的夏夜。

那时候，村边的路口及村后的山坡上，紧临陡峭的石崖下，有十几株高耸云天的枫、樟古树，大到五六个人都合抱不过来。从春天开始，就不断有各种鸟类，从四面飞翔而来，停留在树上，筑巢、孵雏，到溪流、田地和林间觅食，叼来的多是鱼虾之类。如果不嫌弃，到大树底下去，总是可以捡到无数的小鱼小虾，甚至有的还活着呢！那都是鸟妈妈喂食小鸟时，不小心掉下来的。古语所批判的"缘木求鱼"，在这里却是成立的。

而最迷人的，还是夏夜时分，七八个、十几个孩子，围着爷爷奶奶听故事。与我们一同听故事的，是村后山坡大枫树上无数的鸟。东坡语曰：

　　唧唧虫夜话，
　　栖鸟亦惊起。

它们时不时地还发出一两声争吵、惊吓的叫声，有时还会起一阵阵的喧哗、骚动，好一会儿才复又安静下来。再往上，是极其高远的夜空，有时是繁星，有时是朗月，以及一片片飘过的云。

小时候听的那些故事，不外乎乡里聊斋、奇人逸事、神鬼剑术之类，有恐怖、有欢乐，但总是很吸引人。至于故事中的具体情节，却是已经早就忘掉了。再仔细想一想，似乎也绝少有心境和环境仰望那夜的星空了。

然而，那种夏夜的温和气息，时时还弥漫在心间。东坡语曰：

门外无来辙，
满阶桐叶候虫吟，
樽酒乐余春。

## 我要读书

从小，我就追求知识和思想；从小，我就是一个好学生；从小，我就认为，读书就是世界上最美、最幸福的事情。

读方中德的《古事比》，里面有关于范仲淹的简略叙述。又去查资料，找到这样一段话：

> 范文正公少时，多延贤士胡瑗、孙复、石介、李觏之徒与之游，昼夜肆业帐中，夜分不寝。后公贵，夫人李氏收其帐，顶如墨色，时以示诸子曰："此尔父少时勤学，灯烟迹也。"

读到这里，不禁起了许多的感想。因为，我也有相似的经历。记得少年时候，乡间的电力还是由本地极小的水电站来供应，极不稳定，且到晚上九时半即停电。因此，到时间不睡觉的话，就只能点上煤油灯或者松明，就着微弱的光亮读书了。于我，是有很多时候点煤油灯的，经常是第二天早上起来，发现鼻子塞得很厉害，手一抠，里面全是一坨黑黑的、干硬结块的鼻屎。

母亲常常说，我在三四岁时，每天都早早就起来，背上一个装"红宝书"的红小布包，等着要跟哥哥、姐姐一同去上学。每一次，母亲都要使很大的劲，才能把哭喊着的我拉扯回来。这件事，我可是一点印象都没有了。

上小学和初中的时候，夏秋季节晴朗的日子，我会把家中的大水牛赶到山里去放牧，然后就在草地上捧一本书读，往往一读一整天。

后来，考研究生时，有一次坐火车，把几册专业课的参考书弄丢了，于是只能凭着个人的记忆，一条一条地把专业课的知识要点整理出来，这也成了我的一个读书习惯。最后，我就靠这个提纲式的笔记去参加考试，竟然还通过了！

再往后，读博士，又参加工作，读书的条件好了，但对于书的喜爱，至今没有改变！

古人说，万般皆下品，惟有读书高。不管别人怎么看，我很认同这样的观念。直至现在，我仍然坚持每天读书，这就如同每天要吃饭一样。实际上，读书也是我一步步跨越人生阶段的最大助力。我始终认为，对于今天大多数的人来说，读书依然是改变命运的最好方式。读东坡诗，闲得春夏秋冬读书之味。东坡语曰：

闭门春昼永，
高人读书夜达旦，
曲肱有馀欢。

茫茫暑天阔，
我卧读书牛不知，
何以解忧思？

翠柏不知秋，
山中读书三十年，
素志庶可求。

冰雪消残腊，
读书万卷始通神，
古语良非夸。

039

## 我有明珠一颗

我喜欢喝的是黑茶，而且，专喝黑茶已经有一些年了。跟人讲的理由，个人本身胃寒，而这茶很是暖胃。其实，在内心里，是因为偶然发现，这茶与小时候母亲自己炒的野茶，味道似乎很相近，于是，便有了神秘、天然的一种亲近。

记得那个时候，到了冬天，外面是极寒冷的。于是，家中总有一小群人，围了火塘，有一搭没一搭地闲话。在火塘边上，煨了一只黝黑发亮的陶罐，放入几片茶叶，慢慢地，水就沸腾了。母亲给各位倒上一杯，一种浓郁而又极淡的茶香就漫出来了，与火塘里闪耀明灭的火焰、烟气缠绕在一起，经久不散。

黑茶宜煮。东坡语曰：

> 浩瀚玻璃盏，
> 留我过秋风。
> 欠伸北窗下，
> 一瓯谁与共？

由于一位朋友的推荐，我特地到一个市场里，买了一把煮黑茶的玻璃壶。与常见的茶壶不同，它是采取喷淋的方法：采用独特的装置，使沸水从底部翻腾上涌，反复喷淋冲泡一小撮单独放置的茶叶。据说，这样茶叶可煮泡得更为充分，而泡出来的茶汤也似乎更为清澈透明一些。

一边看着壶中的水开始沸起来，滋滋地响着，一边读着柴陵郁禅师的这一首诗：

我有明珠一颗，
久被尘劳关锁。
今朝尘尽光生，
照破山河万朵。

这诗，我实在是很喜欢，并时时诵读。喜欢的缘由，不是为成仙成佛，而是因为，其首句引发出一个很好的题目，其末句则展现出一种并吞世界的雄浑气象。

实际的日常生活中，其实人人都怀揣着"明珠一颗"，那就是他的优势、"绝杀技"。然而，这一点，又往往不为他人所发现，甚至也不为其本人所觉察。

我们每个人都有这样的责任，去发现和帮助人，发掘出这一颗明珠，也更应当勇敢，有责任和毅力去修养、提升自我。只有这样，人生的路才会越走越宽阔，才会越走越自信和从容。东坡语曰：

荷背风翻白，
茶雨巳翻煎处脚，
炯然径寸珠。

上班之前，我的办公室之晨：几颗从园子摘来的黄杏与蟠桃；一盏新煮还冒着热气的黑茶；一位朋友到四川的眉山出差，到了东坡故里三苏乡，从一个纪念的场所带回来的几册三苏的诗词精选，宣纸竖排，仿古线装，赏心悦目。东坡语曰：

春深桃杏乱，
相与笑语不知夕，
与汝岁相期。

竹树散疏影，
红杏了，天桃尽，
东坡无边春。

日出露未晞，
无数心花发桃李，
清坐忘百忧。

041

## 坚持——我的青春励志铭

有朋友告诉我，一位熟识的尊者跟不少人都说，我的个人经历称得上一本青春励志书，可供青年朋友来学习借鉴。而这些话，这位尊者也曾当面对我说过，真是感谢他的谬许与鼓励。

我出身农民，长在农村。大学毕业后，工作的第一站，在没有一寸公路的一个山村里待了一年多，住在两户农民家中，天天与农民工作、生活在一起。再读硕士、博士，再工作，从山村到城市，从上海到北京，一路走到现在。

其实，这只是我们这一代人，很普通平常的路子。只不过，我可能比一些朋友走得稍远一点而已。

然而，再深一点想，个人生活经历上，倒也还有些特别的经验。最重要的一条，莫过于坚持。坚持、持之以恒，从单调枯燥的事物中找寻意义和乐趣，进一步增强持续与深入的决心，在这一状态之下继续前进。坚持，是我的青春励志铭。

我也常常同人讲这样的实际例子：一个朋友，很久以来一直担负着重要的领导职责，而他却能在繁重的工作之余，坚持每天给儿子发一条短信，或读书体会，或人生锦句，或日常中的乐趣事物，几年坚持下来，形成一本厚重的人生之书。

我还有这样的认识：苏东坡曾说过，"读书万卷不读律，致君尧舜知无术"。他又说，"读书不用多"。确乎，如果能够把一个小小领域的经典名著认真读上二十本，用心体会、思考、运用，就会达到"腹有诗书气自华"的境界，涵化变革自身。更不用说一个学者，如果能在一个专门领域发表十几篇有质量的学术论文，就是很有研究的专家了，如此等等。

　　而这一切，都是坚持的结果。这也是我对自己的期许。东坡语曰：

　　　　风花吹填渠，
　　　　谁与春工掀百蛰？
　　　　不耕自有余。

传说中的雨，终于来了，然而并不十分大，只是连绵、稀疏，轻轻悄悄，洋洋洒洒。到凌晨，才渐渐有些急起来了，一阵紧过一阵，还伴着低低的阵阵雷声。

夜雨深处，是宜于读诗的。翻检苏子，得集听雨之句；聆听雨声，而会苏子之意。东坡语曰：

> 锵鸣如玉佩，
> 窗前山雨夜浪浪，
> 无情送潮归。

> 南斋读书处，
> 洗足关门听雨眠，
> 寄子百年心。

> 夜浪浮竹屋，
> 满山风雨作龙吟，
> 感时意殊深。

晴了半天，到了傍晚时分，又继之以大雨、暴雨，但天并不显得阴沉，反而有些空明的意味。看着这样的雨，心情很好。东坡语曰：

山色有无中，
湖面新荷空照水，
莲腮雨退红。

炯然径寸珠，
夏畦流膏白雨翻，
丛生绿玉簪。

荷背风翻白，
横风吹雨入楼斜，
春杯浮竹叶。

飘然不系舟，
风雨过、一江春绿，
携手老翠微。

案牍劳作一整天，至斜阳初坠，始有余闲。

坐在草地上看阳光斑斓，来一轮深呼吸，不自禁想起东坡来。有东即有西，有坡便有山。两两相对，相生相成，总是有趣的事情。东坡语曰：

昨夜东坡春雨足，
朝来爽气在西山。

西山一上十五里，
聊同笑语说东坡。

夜饮东坡醒复醉，
步上西山寻野梅。

经过这些天的紧张工作，任务总算告一小小段落，把心放下来，睡了一整天。看外面的阳光，居然有些隔离恍惚的意味。东坡语曰：

> 龙蛰虽高卧，
> 欲收月魄餐日魂，
> 仿佛似三生。

> 越淡莲花风，
> 要分清暑一壶冰，
> 佳哉谁与共？

046

## 紧紧抓住生命的"根"

读过一本韩国人朴荣信写的书:《听爸爸讲那过去的事情》。里头有一篇《故乡的根》,讲的是父亲年轻时逃避战乱,临出发前,年老的爷爷、奶奶一再追问他:你会去到哪儿?他其实没有明确的目的地,无奈之下,他只好闭眼用烧火棍在地图上指了一个地方。后来,他真的到达这个地方以后,虽然非常偏僻,但至死也没有再离开。只是因为,他告诉过爷爷、奶奶这是他要去的地方,"是应抵达的最后目标,是死也不能离开的终点站"。

我读了一遍又一遍,后来,又常常想,这里头透着一种信念:我们从哪里来,现在何处,又要到哪里去?

这就是一个人生命的根,是我们一辈子都要紧紧抓牢的东西。东坡语曰:

> 野火烧枯草,
> 枯槎烧尽有根在,
> 仿佛似三生。

## 饥饿与温暖的记忆

小的时候，乡间日子过得极是艰难。多次听母亲讲，我才长到八个月大时，家里实在揭不开锅了，只好把南瓜与米粉熬在一起，淡淡的粥，喂给我吃。不过，说起来很惭愧，我一直无法想象和捕捉到，那种饥饿的真切感觉。

然而，有一点却是实在的：我至今对餐桌上的南瓜有些拒斥，很是少吃，或许，就是因为小时候吃南瓜太多了！

没有饥饿的记忆，脑海深处倒是有过刻骨铭心的美食经历。这一记忆，是与打猎连在一起的。

那时候，爷爷是四乡八里有名的猎手，我脑子里至今存有一幅深刻的图画：爷爷背了一杆长长的猎枪，带了大哥、二哥和我兄弟几个，去猎捕那灰褐色的斑鸠，还有地方上俗称为"竹鸡"以及其他的种种野鸟。天虽然很冷，但这于我可是多么惬意的事！

在冷冷的冬天的风中，太阳淡淡的，高高的天空下，满目都是空旷、荒凉、灰色的田野。远远地看到，几只、十几只斑鸠，一跳一跳地，在裸露的田地上觅食。爷爷压低声音，让我们低下身子，趴伏在田埂上枯萎松软的厚厚草丛后面。然后，一个人悄悄向前，伸出长长的猎枪。"砰"的一声，一阵"扑腾、扑腾"的响声。十几只鸟惊惶地飞射而去，留下几只受伤的同伴，还有我们的一片欢呼。我们知道，晚上可以美美地吃一顿斑鸠了。

也说不清楚是哪一年哪一月了，或许是秋高气爽的时节，或许是白雪皑皑的冬季，也可能是一年中的任何时候，我突然被母亲从睡梦中抱起来，我发现，一大家子人围坐在火塘边，都不说话。母亲把我放在长条板凳上坐好，往我手中递了一大块带着香味的肉骨头，我就情不自禁地大啃了起来。再到后来，我实在是太困，吃着吃着，就一头靠在长条凳上，歪过去，睡着了。

长大后，或许我已经完全把这件事忘记了。只是听人说，那是在大山里为生产队烧木炭的爷爷，猎杀了一头大野猪，连夜扛回家来。又不敢让人知道，关紧家门把野猪烹煮好，让家人狠狠地美餐了一顿。大哥至今还会说起我拿着骨头啃着啃着一下子又睡过去的笑话……

第二天早上，邻居家的老大爷跑过来，说晚上闻到空气中弥漫着浓浓的香味。大家都说，他一定是做梦梦见的！

再后来，这些图景在脑子里慢慢地模糊了，变得不再那么清晰，只留下了一点淡淡的痕迹。

"君不见壮士憔悴时，饥谋食，渴谋饮，功名有时无罢休。"我倒是从来没有以"壮士"自许，然而，生活与工作的步子也从来没有停驻。在为生活奔跑与劳顿的途中，确也会偶尔想起这些事来，这是我关于美食的最深、最美也最奇特的记忆。不过，我实在是不能想象，那是一种怎样的美味。或许，那是只有在梦中才能尝到的天上美食。

　　有时候，即使是翻着手中的一册书，无意中也会起这样的念头：即使是在最艰苦的岁月中，我也没有饥饿的印象，所有的，只是一种温情脉脉的记忆。东坡语曰：

> 读书常闭户，
> 饥寒富贵两安在，
> 寄怀劳生外。

> 何人风雨夜，
> 忍饥看书泪如洗？
> 自说非人意。

048

　　早上，走过去几十步长的瓜廊，一只一只的葫芦，大大小小，长长短短，挂在架子上，垂了下来，是一种别样的景象。

　　在《论语》里头，孔子曾曰：

　　　　贤哉，回也！一箪食，一瓢饮，在陋巷，人不堪其忧，回也不改其乐。贤哉，回也！

　　这个葫芦，竟然也与修持自守、就道成圣联系在一起。

　　而在东坡那里，也有不少关于"瓢"的句子，比如，"六子晨耕箪瓢出，众妇夜绩灯火共"。又比如，"我有一瓢酒，独饮良不仁"。这是另一种境界了。

　　然而，不论怎样，我也想有一只"瓢"！东坡语曰：

　　　　我行及初夏，
　　　　杖头惟挂一葫芦，
　　　　自说行坦途。

049

# 不一样的成功启示录

一位尊者推荐了一本书:《异类:不一样的成功启示录》。用了两天的时间,粗粗看了一遍,这本书的主题,可以简要概括为关于成功的一个等式:

**成功＝才智＋社会环境＋机遇＋勤奋**

印象最深的是,里头讲到一个成功法则:心理学家对天赋研究越深入,就越发现,天赋的作用其实很小,而后天努力的作用很大。一个人在学习的过程中,要完全掌握某项复杂技能,就要一遍又一遍艰苦练习,而练习的时长,必须达到一个最小临界量:10000小时。作者还进一步强调,这一法则甚至适用于人们通常所说的"天才"。

任何成功,都需要付出艰苦的努力。对此,我深信不疑。东坡语曰:

终岁不及门,

读书万卷始通神,

至今夸我贤。

050

时时沿山径登临，流连林树间。看着种种平常石头，常常想：谁说石头没有生命？可不敢信！

屏住气，你可以感受到她连绵不绝的呼吸气息；静下来，你就会触摸到她欲语还休的轻言柔语。东坡语曰：

绿暗初迎夏，
处士风流水石间，
心与古佛闲。

蛙鸣青草泊，
小坡今与石传神，
诃我不归耕。

茫茫暑天阔，
石路萦回九龙脊，
谁复识此意？

051

天下雨，地生涝，帮不上忙！

2017年6月，湖南遭遇暴雨连袭，全省平均下了20.5天雨，降雨量破历史极值，位居1951年有气象记录以来历史同期第一高位。东坡语曰：

> 风雨暗长蘗，
> 山木尽与洪涛倾，
> 尽返湘江魂。
>
> 何劳弄澎湃？
> 雨入河洪失旧滩，
> 上有千仞山！

052

　　单位搬迁办公室，利用周六的时间，整理办公室。桌上、窗台上，有同事帮忙新买的绿植，为了去除新楼的异味。

　　在外面一段时日，各处寄送的书报积了一大堆。内中，有当年在上海读研究生时学校的校报。这份小报，在学校时参与编辑过。因性起，向当时共事过的一位小报负责者发一图片，结果立马发回几张当年的报头。东坡语曰：

　　　　风流别后人人忆，

　　　　难得高人日日闲。

　　不由感慨，这真是一个对自身历史负责的人！

　　周日，酷热沉闷，于是避处山间，因无案牍劳神，读经读史读金融，稳坐终日矣。我真真是从单调中学习到许多乐趣。东坡语曰：

　　　　人心随物变，

　　　　读遍千回与万回，

　　　　不作陈俗具。

富贵本先定，
遥知读《易》东窗下，
权衡破旧法。

坐到钟鸣昏，
绌史正作丘明书，
难与夏虫语。

053

　　微信朋友圈里，有人发了一张应时景的图片：南方正在下暴雨，许多居民家中进水。一位大哥，坐在木沙发上，居然在自家的客厅里垂钓呢！

　　这自然不会是真实的情形。

　　然而，心中却有了莫名的轻松，想起来一个题目：临街对面拐弯路那头河边大哥的悠闲快乐的钓鱼时光。东坡语曰：

　　　　大钓本无钩，

　　　　欲往南溪侣禽鱼，

　　　　此生得浮游。

054

喜见一池莲荷盛开，更有双莲昂首斗奇争妍。东坡语曰：

我梦游天台，
故遣双莲一夜开，
洗我千结肠。

薰风暗杨柳，
天女下试颜如莲，
安肯为君妍。

自昨夜至今晚，雨时落时停，时大时小，是一场透雨。东坡语曰：

> 官馀闲日月，
> 孤灯同夜禅。
> 只影千山里，
> 重说后三三。

忙了一天，终有闲乱翻诗书。然而，这夜里的雨，却总在脑子里头，沙沙地下着。东坡语曰：

> 寂寞两诗人，
> 林下对床听夜雨，
> 不知落何处？

> 相思君欲瘦，
> 夜雨何时听萧瑟，
> 寂寞千岁事。

踏遍千重山，

空阶夜雨自清绝，

无厌空且静。

056

"举处随时消酷暑，动来常伴有清风。"

酷热时节，挥汗如雨。不由想起，古人又是如何消暑呢？东坡语曰：

> 弱水三万里，
> 人间热恼无处洗，
> 跳下清泠中。
>
> 苦热念西风，
> 厌暑多应一向慵，
> 坐待月流天。
>
> 人皆苦炎热，
> 知君仙骨无寒暑，
> 合在广寒宫。

简单重复的生活工作环境。

持续执着的思考学习任务。

在正午的太阳之下，流溢弥漫着暑气，却也因为这蓝天，这绿意盎然，而使人顿生轻松的趣味，暂时忘却了种种倦意。

东坡语曰：

　　茫茫暑天阔，
　　与君合奏芳春调，
　　清凉洗烦煎。

　　深林闻杜鹃，
　　江空野阔落不见，
　　往意浩无边。

　　明朝何处去？
　　天长草树接云霄，
　　苍茫万顷连。

058

照专业的说法，色彩上有冷色调、暖色调的区分，读不同的文字，也当有冷热不同的感受。这样的氛围，是可以选择、创造的。这就是人们常说的"境由心造"了。

酷热难耐之下，乃以"碧""洗""雨"三字为题，顺序推次，以成三阕，看看是否能够起到消暑的效果。东坡语曰：

碧空卷微云，
水洗禅心都眼净，
摇荡花间雨。

昨夜雨鸣渠，
小风吹水碧鳞开，
潭水洗君心。

清风洗昏翳，
试观烟雨三峰外，
潋潋摇空碧。

059

东坡语曰：

> 人生如朝露，
> 浩歌长笑老斜川，
> 安闲日似年。

> 举酒邀青山，
> 笑说平生醉梦间，
> 万事付等闲！

> 楼台断崖上，
> 笑看江水拍天流。
> 何必归故丘！

060

今天，是中国人民解放军建军九十周年的日子。

和平之花需要有强大的保卫。一系列的纪念活动中，印象很深的，是在朱日和举行的沙场阅兵式。

由此也想起朋友中的军人，有严肃的将军，也有普通的士兵，但都透出特别的气息——他们真是特殊材料造成的人！东坡语曰：

　　大哉天宇内，
　　三军喜气铄飞花，
　　凛然照尘寰。

　　沙尘满风鬓，
　　巡边将军在近邑，
　　复驾垂天雄！

　　生逢尧舜仁，
　　为问从军真乐否？
　　浩荡寄此身。

龙腾与虎变，
我亦旗鼓严中军，
谁能与之较？

谈笑出伟奇，
要识将军不凡意，
绛侯百万兵！

赠君一枝蓝色妖姬！

墙边草丛中，依依袅袅，开出几枝牵牛花，向路过的人们展现着她的姿态。这实在是很普通的花儿。然而，在这样灿烂的阳光之下，你又能感受她的独特、生气与魅力。

尤其是，这几枝牵牛花的颜色很深，甚至到了深蓝的地步，这似乎就有些少见了！东坡语曰：

桃李初红破，
树暗草深人静处，
独自占春芳。

向玉霄东望，
一朵妖红翠欲流，
遗恨几千秋！

062

给我一片白月光，照尽你美丽沧桑；

给我一碗老米酒，醉成父亲的梦；

渐浓的乡愁啊，酿在泪水山水里。

每次听徐千雅的《梦里湘西》，总有一些不舍的感触。挥之不去，召之不来，尤其是在工作中途，稍稍停顿下来的时候。归去来兮，归去来兮。东坡语曰：

月明浸疏竹，

万里家山一梦中，

今年秋应熟？

063

周末，独自值守。

案牍之余，漫步林树之间，突见一健康活泼的松鼠，从高树上惊险地一跃，直跳到四五米开外的另一棵树上，叼上一枚大的松果，疾速而去。

心中不禁一动，突然意识到：它或者是在为冬天准备，秋天已不知不觉地来了！

再看园子里种种花草蔬果，挂在枝头的柿子开始青中透出黄来，葫芦也已由嫩绿泛出刚劲的白色，那几株紫薇的花期可真长，但仔细看，亦再无娇翠欲滴的精神样儿。

秋来也，秋来也！东坡语曰：

秋来闲何阔，

坐观万景得天全，

激越荡乾坤。


江南千万峰，

今年秋熟君知否？

先作归意浓。

香风过莲芡，

一听秋涛万鼓音，

随子到吾庐。

064

　　为一大事，奉命跟随一众贤良，蛰居京西名山，忽忽一年又半。今事已毕，略略思之念之，不禁感慨生矣。会议中途，偶有闲暇翻检东坡诗卷，得"西山"句十二，乃以春夏秋冬为序，缀集为十二阕记之，以表心情、心意、心境也。东坡语曰：

　　　　西山无时春，
　　　　碧天照水风吹云，
　　　　苍茫万顷连。

　　　　春深桃杏乱，
　　　　西山烟雨卷疏帘，
　　　　水流天不尽。

　　　　摇荡花间雨，
　　　　江上西山半隐堤，
　　　　独自占春芳。

　　　　君言西山顶，
　　　　笑看江水拍天流，

野花弄闲幽。

林间桑子落，
步上西山寻野梅，
渊明胡不归？

茫茫暑天阔，
朝来爽气在西山，
龙行逸如神。

西山空挂颐，
独依古寺种秋菊，
看洞天星月！

何处觅新秋？
朝来挂笏望西山，
心定有天游！

妄意觅桃源，
西山一上十五里，
笑把秋花插。

偶似西山夫，

天欲雪，云满湖，
岭外亦闲游。

道人心似水，
古来西山与东丘，
一身寄天涯。

泠然心境空，
西山雪淡云凝冻，
岁月今峥嵘！

065

东坡语曰:

清夜默自课。

秋风吹雨凉生肤,

入门空有无?

盛会刚刚闭幕，心潮仍未平静。

翻看手机随手拍摄的一些照片，心有所感。东坡语曰：

> 偶怀济物志，
> 一听秋涛万鼓音，
> 妙理重细评。

> 秋来霜穗重，
> 犹记忧时策万言，
> 大邦安静治。

> 轻红随秋深，
> 嘉谋定国垂青史，
> 万乘拥旌旗！

晨起登山，晓日初起，绚烂万分，也把这个城市映照得生气勃勃。东坡语曰：

照耀初日光，
万里红波半天赤，
矫矫龙之姿。

故国千峰外，
日照三山迤逦开，
去欲凌鸿鹄。

嘘嘘云雾出，
晓日著颜红有晕，
意与秋气高。

故山今何有？
晓日令涵草木姿，
俯仰霜叶黄。

崖转闻钟声，
初日泫露酣娇黄，
只是而今路。

日与山海对，
水沉烟断佩声微，
何复异人天？

东坡语曰：

小圃傍城郭，
西风落木芙蓉秋，
相对自忘忧。

青山在屋上，
红叶黄花秋正乱，
空庭落缤纷。

起行西园中，
秋后霜林且强红，
一叶舞澎湃。

069

今天，是父亲的生日，而我在千里之外，独自一人，在一座山里值守。

"天静伤鸿犹戢翼，月明惊鹊未安枝。"正在这样想着的时候，恰见一行大雁，远远飞过，高高而去。东坡语曰：

岁晚霜风侵，
旅雁何时更著行，
南去极衡湘。

晓色兼秋色，
碧天无际雁行高，
江湖涉浩渺。

我愿偕秋风，
望乡心与雁南飞，
依旧梦魂中。

新春上班第一天。午间独自漫步林间，阳光、小径、山石、清风，也和着小鸟初春第一声婉转的鸣啼，心中不觉有万千思绪。东坡语曰：


　　　　知君一寸心，
　　　　海阔山高百程送，
　　　　故乡归去千里！


　　　　梦随风万里，
　　　　笑看江水拍天流，
　　　　须信人生如寄！


　　　　谈笑出伟奇，
　　　　鲲鹏水击三千里，
　　　　一时多少豪杰！


　　　　故国千峰外，
　　　　当时坐上皆豪逸，

对此泪洒尊前！

江南千万峰，
朝来云汉接天流，
君看今古悠悠！

加班。在院子里，小走怡情。墙角边上，忽见繁花一枝，正在骄阳下默默开放。东坡语曰：

> 想见竹篱间，
> 寄我无穷境。

这里，是没有故乡常见的竹篱的，只能以城市作为自己栖迟的境所了。东坡语曰：

> 醉笑一欢同，
> 不问繁华与寂寥，
> 同作逍遥游。

072

　　没有去奥森公园健步走路，已经很久了。因此，今天能够走起来，遇上空气甚好，人也还不太多，心情不禁轻安。

　　健走步道边上，树立了标有赞助公司名称的路程牌，每一块上边都有一句带点意思的句子。比如，"用坚持凝视远方，用脚步速写故事""把一个人的孤单，跑出一群人的狂欢""我们跑不过时间，但能跑过昨天的自己"。突然产生了兴趣，将这些路程牌拍了下来。再仔细看，沿途水面的新荷、楼兰姑娘的雕塑、云中的奥运五环，都给人新的观念和遐想。东坡语曰：

　　　　昨夜风月清，
　　　　湖面新荷空照水，
　　　　花头今已繁。

　　　　我梦随汝去，
　　　　风骨自是倾城姝，
　　　　寂寞千岁事。

　　　　醉语漏天机，
　　　　胸中自有洗心经，

一寸冰雪清。

悬知色竟空，
只寻孤塔认西东，
眼界穷大千。

073

上班之前，有一点时间，翻看手机中尚未阅看的信息。有一友人所发《迷仙》诗一首：

> 山路龙旋碧海间，
> 忽穿峰壑忽悬巅。
> 云从谷底浮天日，
> 雾向高湖洗玉簪。
> 水困溪潭声若吼，
> 花开野外艳如仙。
> 停车偶遇茶乡女，
> 留我烹茗石涧边。

这位友人的家乡，就在陶渊明的"桃花源"。诗中所述的乡间景象，与我的故乡也并无二致。这些，是很容易令人亲近起来的。

联想起与之往来，交谈讨论，种种思想行为，这诗中所含的高阔胸怀、奇绝心境，于我，是有所体会的。因步其韵，以"仙"为题以和。东坡语曰：

> 路穷斤斧绝，

结茅宴坐荒山巅，
君方梦谪仙！

何时谪仙人，
白发秋来已上簪？
危坐试僧禅。

遥知紫翠间，
武陵岂必皆神仙，
心境两奇绝！

载酒邀诗将，
不作太白梦日边，
意爽飘欲仙。

074

工作中间，突然想起少年时候，在竹林间讨生活的样子，虽然艰苦，却单纯快乐，而且，还有不知名鸟儿在不知疲倦地婉转鸣唱，一直到你心里去！

半生谈笑此心违，　（徐　铉）

吟对疏篁夕鸟归。　（李　中）

落花一片天上来，　（李　白）

满目碧云空自飞。　（谭用之）

这几天，能够在这个学习培训的机构，陪同参加短期的专门学习，真是很难得的。晨疾走，在园子里偶遇几只大鹅，摇摇摆摆，悠然自得。

　　近日正读《晋书·王羲之传》，里面记载了王羲之的一段逸事：

　　　　性爱鹅，会稽有孤居姥养一鹅，善鸣，求市未能得，遂携亲友命驾就观。姥闻羲之将至，烹以待之，羲之叹惜弥日。又山阴有一道士，养好鹅，羲之往观焉，意甚悦，固求市之。道士云："为写《道德经》，当举群相赠耳。"羲之欣然写毕，笼鹅而归，甚以为乐。其任率如此。尝诣门生家，见棐几滑净，因书之，真草相半。后为其父误刮去之，门生惊懊者累日。又尝在蕺山见一老姥，持六角竹扇卖之。羲之书其扇，各为五字。姥初有愠色。因谓姥曰："但言是王右军书，以求百钱邪。"姥如其言，人竞买之。他日，姥又持扇来，羲之笑而不答。

晚读史，不经意间，看到了窗外屋顶，悬着一轮明月，独立冷静，空清澄明，不胜感慨。东坡语曰：

> 竹树散疏影，
> 当年踏月走东风，
> 归梦山千重。

> 幽梦随子去，
> 洞箫声断月明中，
> 岁晚有谁同？

> 回翔天壤间，
> 多情明月邀君共，
> 不闻蓬莱宫！

今天下午，独自一人在奥森公园。于向前疾走的中途，突遭暴雨。初避于一歪脖子的槐树底下，而效果未彰，遂雨中奋然向前，瞬间淋湿个通通透透。

而就在此间，竟然想起若干年以前，因为工作原因，曾在一山村两户农民家中，吃住了一年有余。其间，也有遭遇暴雨，行走山林的经历。

一次，是背负了我的一大堆书籍，有《新概念英语》，有《毛泽东农村调查文集》，还有《四书章句集注》。这几册书，至今还在我的书橱中，不时还要翻检……

还有一次，是我所在的村子里，为了避免孩子们奔走山路的辛苦还有安全问题，新修建成一所小学校。我同乡里的书记几个人一起，要去实地察看和表示祝贺。

恰好，我曾以日记的形式，记录下了当时各种情形，至今也还存放在家中书橱的某个角落。我时时起一念头，要利用其时的日记，回忆记录当日的种种情形，写一些文字，题目都已经想好了，就叫"太阳下，走过山间"。

这样想着，大雨洗刷着我的脸，而在心中，也有一股奇异的痛快之情在流淌。东坡语曰：

疏疏帘外竹，
疾雷破屋雨翻河，
去欲凌鸿鹄。

春江欲入户，
开门看雨月满湖，
映空疑有无。

坐咏谈天翁，
试观烟雨三峰外，
矫矫如翔鸾。

整整一天，细雨霏霏，独坐窗边，听、闻、观、思，种种心绪，弥游无极。而最盛者，却是许多友人的帮助、关怀。东坡语曰：

习习风从玉宇来，
崎岖世路最先回。
便向蛟龙觅云雨，
一洗人间万事非。

知君有幽意，
一蓑烟雨任平生，
无人空自奇。

仰见天苍苍，
风雨过、一江春绿，
前路高且长。

所遇孰非梦？
天公为下曼陀雨，
故自有深趣。

东坡语曰：

> 回首天涯一惆怅，
> 更听萧萧风雨哀，
> 此怀未始忘。

父亲走了一个月了，思念依然无尽。

父亲久病，然而当接到父亲病危的电话时，我还是很难相信，很难接受：这一天，终于真的来了！

订最早的航班，坐最快的车，赶到老家县城的医院时，父亲已是弥留之际，无从说话交流了。按照乡间的习俗，我和弟弟把他接回家中，守在他身边，一直看着生命之火在父亲身上慢慢却又迅即地熄灭。那一刻，我明白：这一辈子，我再没有父亲了！

父亲是最传统意义上的农民，朴实、本分，只守着乡间一小片土地，而又始终怀着实在永恒的希望。而我，也一直在老家长到十八岁，上大学，回到乡村工作了几年，后来又读硕士、博士，再工作到现在，始终关注着农业、农村、农民，身心都深深印着父亲的影响。这也是我常常跟人说，自己就是一个农民的原因。

仔细想，父亲于我的影响，在做事上，有三点是很突出的。一是始终满怀着期待、希望。即使遭遇最坏的年景，总是相信下一个季节会是丰收的季节。二是凡有收获的付出，都是值得的。哪怕是十分付出、一分收获，也很好，也令人满意。三是深耕细作，从容不迫，把手中每一件活干好。

　　有了这几条，我永远心向上、向前，充满温情，把握着力量！日清风和，触动一缕情思。


永念难消释，　　　（李　煜）

一烛从风到奈何，　（赵　嘏）

夕息倦樵歌。　　　（骆宾王）


白日下昆仑，　　　（李　贺）

重泉一念一伤神。　（白居易）

清白家传远。　　　（刘禹锡）


不语泪千行，　　　（王　涯）

人间此病治无药，　（白居易）

誓从诗书益！　　　（孟　郊）

有数年不见之老友自沪上来京。小坐晤谈中间，因为今日之种种情势，提到了我的一册讲政治哲学的旧作。我十分诧异，这本书的内容，竟还有人把它记住了！

也因此，我抽暇把自己过去的几本习作，有博士毕业的论文、学术文章的结集、研读论语的心得，等等，通通都找出来，粗粗翻检一遍。真是十分惭愧，这几册书的出版，全都是十多年前的事了。

我曾经设想，个人的工作学习任务，大致以10年为一阶段，"学习""思考""建设""综合"，一共40年，够做一些事了。而在人生的事实面前，真是令人脸红！

现在，自己或许只剩下"阅读"一事，其他则顾及不到了。然而，想到还有人从自己过去的书中，汲取过虽然很少却实在的思想资源，也就还有一点安慰。

愧君相忆东篱下，　　（白居易）

昨夜闲潭梦落花。　　（张若虚）

岂知经史深相误，　　（方　干）

云到何方不是家？　　（元　稹）

重新读一遍沈从文的《边城》，不禁想起了少年时候，种种生活的情形与快乐——我所生长的地方，就离湘西、离凤凰不远。东坡语曰：

> 风雨过、一江春绿，
> 欲棹小舟寻旧事。
> 徘徊不忍去，
> 陌上花开蝴蝶飞。

> 要看梨花枝上雨，
> 竹间时听鹧鸪啼。
> 累累一串珠，
> 翩然欲下还飞去。

> 有情风、万里卷潮来，
> 欲待曲终寻问取。
> 余韵尚悠扬，
> 但空江、月明千里。

据宋人笔记《梁溪漫志》记载：

> 东坡一日退朝，食罢，扪腹徐行，顾谓侍儿曰："汝
> 辈且道是中有何物？"一婢遽曰："都是文章。"坡不以
> 为然。又一人曰："满腹都是识见。"坡亦未以为当。至
> 朝云乃曰："学士一肚皮不入时宜。"坡捧腹大笑。

我以为，"一肚皮不入时宜"，当是既指沉迷风花雪月，也指
不懂趋炎附势。简单来说，就是满肚子里的学识和做人，跟不上
形势。这二者，在东坡所身处的时世与环境，都会是致命的毛病。

翻检东坡集子，有"早知身世两鳌牙""我今身世两相违，
西流白日东流水""我本不违世，而世与我殊"等句，可知东坡对
其自身"不入时宜"，是有所认知而又不十分同意的。

但不论怎样，作为中华"千古第一文人"，东坡的诗词中，
风花雪月所透出的气息，总是令人沉醉。东坡语曰：

> 飞步凌缥缈，
> 舞余片片梨花落，
> 吹散一春愁。

凛然照尘寰，
仙风入骨已凌云，
游戏暂人间。

　　不过呢，我还是喜欢另一种，另一种更耐得住岁月打磨的境界，即如东坡语曰：

归来闭户坐，
我有至味非煎烹，
一洗胸中尘。

083

一位素所景仰的尊长，在朋友圈发了一首诗，当是为自己的
生日所作。

> 历尽荣华后，
> 群芳任去留。
> 天高凭眼阔，
> 风劲正途道。
> 岂叹韶时短，
> 更欢金果稠。
> 叶零无赘负，
> 共我壮年游。

"君不见万松岭上黄千叶，玉蕊檀心两奇绝。"这是我脑子里
突然涌现出来的、东坡咏腊梅的句子。因依尊长原韵，集东坡诗
以表敬礼，并祝开创更为宏远的事业！东坡语曰：

> 虽辞功与名，
> 冯骧应为有鱼留，
> 大钓本无钩。

君才无时休,
书尾题诗语更遒,
曲肱有余欢。

空花谁开落,
枝上稀疏地上稠,
心定有天游。

归田虽未果,
此身江海寄天游,
何必师庄周!

084

北京的秋，是很宜人的，也容易使人起无穷的遐逸之思。

中午时分，沿着长安街走，就在离天安门很近的地方。于忙碌来往的人群中，望着天，听着风，不禁感慨，竟有"老景无多日，归心梦几州"的思想！东坡语曰：

> 秋来闲何阔，
> 天容玉色谁敢画？
> 送与谪仙家！

> 寂寞谁肯伴，
> 朝来云汉接天流，
> 飘然不系舟。

> 清风入指寒，
> 卷却天机云锦段，
> 秋水净芙蕖。

> 君方梦谪仙，
> 来依鹏背负青天，
> 下视九万里！

多有传说，苏东坡前世乃是一僧人。

据宋人笔记《冷斋夜话》记载，元丰七年，苏辙谪居高安时，与云庵和尚、聪和尚常相过从。一天，云庵和尚梦见自己与苏辙、聪和尚一起，要出城去迎接五祖戒和尚。他醒来后感到很奇怪，于是将此梦告诉了苏辙。苏辙还没开口，聪和尚来了，苏辙对他说："刚才同云庵谈梦，你来也想一起谈梦吗？"聪和尚说："我昨天晚上梦见我们三人一起，去迎接五祖戒和尚了。"苏辙抚手大笑道："世上果真有三人做同样的梦的事情，真是奇怪啊！"

而就在这时，苏辙接到了苏东坡的书信，说他现在已到奉新，很快就可以同大家见面。三人非常高兴，一路疾走，赶到城外二十里的建山寺等候。苏东坡到了后，大家对他谈起三人做相同梦的事，苏东坡若有所思道："我八九岁时，也曾经梦到我的前世是一位僧人，往来陕右之间。还有，母亲刚怀上我的时候，曾梦到一僧人来托宿，僧人风姿挺秀，一只眼睛失明。"云庵不禁一声惊呼，说："五祖戒和尚就是陕右人，一只眼睛失明，晚年时游历高安，在大愚过世。"

大家一算，此事过去五十年了，而苏东坡现在正好四十九岁。于是从这时起，苏东坡即被认作五祖戒和尚转世，他本人也曾自号为"戒和尚"。

　　且不论此事的真实与否，但苏东坡一生与佛道高真过从甚密，却是真实无疑的。其诗文，以参悟禅机佛法为题的，也确实是非常多的。《和黄鲁直烧香二首》即是一例：

　　　　四句烧香偈子，
　　　　随香遍满东南。
　　　　不是闻思所及，
　　　　且令鼻观先参。

　　　　万卷明窗小字，
　　　　眼花只有斓斑。
　　　　一炷烟消火冷，
　　　　半生身老心闲。

　　"不是闻思所及，且令鼻观先参"，这里头，就蕴含着《楞严经》里所载观音菩萨悟道的"反闻法门"。这个反闻法，陈撄宁等神仙家和医家，都作过许多深入的研究和参悟，也有人就此理出了一整套修养生命的系统。

　　思及于此，乃择《留题仙都观》的三句为引，缀玉联珠，以为反闻之法的注脚。东坡语曰：

　　　　君方梦谪仙，
　　　　泠然乘风驾浮云，

此意在人间。

安知无隐者，
龙车虎驾来下迎，
人已半生痴。

佛国贡青莲，
悟道不复诵《黄庭》，
坐待月流天。

086

下面的话，是苏东坡对自己的评价和描述，反映了其对生活的旷达态度与超群绝伦的高逸境界。

> 上可以陪玉皇大帝，下可以陪卑田院乞儿。
> 吾眼前见天下无一个不好人。

实际上，在东坡诗词中，确乎处处可以发现这样的特点：除了文士的雅志禅趣，浓郁朴素的生活图景，即令常人看来再普通平凡不过的，亦都可以入诗入词。

《猪肉颂》即为一例：

> 净洗铛，少著水，
> 柴头罨烟焰不起。
> 待他自熟莫催他，
> 火候足时他自美。
> 黄州好猪肉，
> 价贱如泥土。
> 贵者不肯吃，
> 贫者不解煮。

> 早晨起来打两碗，
>
> 饱得自家君莫管。

读到这里，每每想起的，就是东坡肉！他还真是美食家！

当然，东坡给予人们的，更多的还是"诗和远方"。

东坡诗中，与月，与僧，与禅，着实为多。我常常就想到，若干年前，我还很年轻，正在乡里工作生活。也是秋天，随同一位同事，走到高山白云深处，看望一位长者。下得山来，已是晚上八九点钟，幸而一辆运载粮食的货车还在等着。我们即坐在高高的稻谷包上，沿着弯弯曲曲的山路，乘车回乡里去。一路同行的，还有赶着第二天回学校上课的两位女学生。

车在山间行驶。深色的夜空，格外遥远。"一点空明是何处？"树梢的一轮明月，时隐时现，却又那么的切近，使我的心境无比轻安和愉快。东坡语曰：

> 鹤睡觉时风露下，
>
> 雪月迫君溪上舟。
>
> 一酌曹溪知水味，
>
> 人间俯仰三千秋！

有时候，回想起半斜靠在稻谷包上，仰望高天上明月的情形，不自觉会有"禅"的思想，在心头久驻，不去不留。东坡语曰：

故国千峰外，
鹤睡觉时风露下，
一身寄天涯。

此心初不垢，
雪月追君溪上舟，
云何见祖师？

醉语漏天机，
一酌曹溪知水味，
五色烂摩尼。

却立浮云端，
人间俯仰三千秋，
曲肱有余欢。

周末，静读东坡诗《出颍口初见淮山，是日至寿州》：

> 我行日夜向江海，
> 枫叶芦花秋兴长。
> 长淮忽迷天远近，
> 青山久与船低昂。
> 寿州已见白石塔，
> 短棹未转黄茅冈。
> 波平风软望不到，
> 故人久立烟苍茫。

　　查《苏诗汇评》，于此诗，各家评点甚多甚详。我很认同这样的评价：有古趣，兼有逸趣。诵读，品思，简直立刻就能体察其中的淡远愁绪。而在这愁绪的静水深流之下，又有"山与船低昂"的动感舒适与喜悦轻安。多么好！

　　按金圣叹的律诗分解审析方法，起承转合，前阕更多的是写实写景，后阕则虚实兼具，很好地体现出东坡诗的哲思趣味。

　　古贤曾有将他人诗作加以裁剪损益，使就声律的写作，此即"隐括"。东坡就是将"隐括"概念引入诗词，并形成所谓"隐括体"之人。其《定风波·重阳》即为一例。

　　　与客携壶上翠微，
　　　江涵秋影雁初飞。
　　　尘世难逢开口笑，
　　　年少，
　　　菊花须插满头归。


　　　酩酊但酬佳节了，
　　　云峤，
　　　登临不用怨斜晖。
　　　古往今来谁不老，
　　　多少，
　　　牛山何必更沾衣。


　　于我辈，对于东坡诗的每一句，却不敢稍改一字，加上自己的话。只好缀集连咏，依金圣叹法，前半写景，后半抒怀，如是而已。东坡语曰：


　　　微月半隐山。
　　　我行日夜向江海，
　　　枫叶芦花秋兴长。
　　　稀星乍明灭，

依依闻暗香。

安流去如飞。
长淮忽迷天远近，
青山久与船低昂。
水流天不尽，
林空答清唱。

人生如朝露。
寿州已见白石塔，
短棹未转黄茅冈。
物化逝不留，
欲归更彷徨。

青春先入睡。
波平风软望不到，
故人久立烟苍茫。
成败无穷事，
谈笑万夫上。

情到深处，总是无言。道至极高，还是无言。

这是读苏东坡《和文与可洋川园池三十首·无言亭》，自然涌上心头的感受。

> 殷勤稽首维摩诘，
> 敢问如何是法门。
> 弹指未终千偈了，
> 向人还道本无言。

这首诗，真真是字字珠玑："殷勤""稽首""敢问""法门""弹指未终""千偈了""道本无言"，无不蕴藉着至深的含义、韵味。或许，只有含着无穷的温情和敬意，才能"会意"其中。

翻检东坡诗，屡有"无言"处。东坡语曰：

> 禅心久空寂，
> 妙意有在终无言，
> 千古指人迷。

> 栖禅晚置酒，

停杯一问终无言，
寂寞两荣朽。

禅学参众妙，
俯首无言心自知，
有慧则有痴。

一瓯谁与共？
无言对客本非禅，
安心会自得。

春雨消残冻，
惜花未忍终无言，
持归问禅翁。

089

　　空，是中国文化中静水深流的东西。读东坡诗，也总是在许多情境之下，抚摸到这种感受。

　　在古人那里，常常是入世之身，而怀出世之意。于是，就有人追求"隐"，以之为"空"的途径。然而，如何"隐"？苏东坡诗中，有多重的答案，"大隐本来无境界，北山猿鹤谩移文""惟有王城最堪隐，万人如海一身藏""未成小隐聊中隐，可得长闲胜暂闲"，都是现成的例子。

　　工作中与各种各样的文字打交道，正是所谓"簿书常苦百忧集""乐事回头一笑空"。然而，"隐"是无从谈起的。偶尔触动心弦，似乎进到了"空"的欢喜天地。东坡语曰：

　　　　马入尘埃鹤入笼，
　　　　簿书丛里过春风。
　　　　庭下已生书带草，
　　　　了了方知不落空。

　　　　十年归梦寄西风，
　　　　相对无言老更恭。
　　　　身世何缘得两忘，

惟忧月落酒杯空。

招词闲咏桂生丛，
清香不尽思何穷。
清诗两幅寄千里，
观色观空色即空。

无生一，一生二，二生三，三生万物。数字入诗，往往可以得到意料之外的别样意味、意境。

比如，曾有前贤撰文，专就毛主席诗词中的"万"字作过考察，认为是"一个最有力量的汉字"，表达了浩大的气势和雄伟的气魄。"看万山红遍""万类霜天竞自由""粪土当年万户侯""寥廓江天万里霜"，等等，即是例子。

无独有偶，东坡诗词中的数字也很多，用得很好。比如，"三千"即可视为一例，联缀起来，似乎有天地宇宙，也有人间岁月，也还蕴藉着些许的个人向往。东坡语曰：

蓬莱海上峰，
欲穷风月三千界，
醉笑一欢同。


静见天地复，
人间俯仰三千秋，
犹堪买钓舟。


深寄恨语浅，

握手一笑三千年，
敛收平生心。

龙虎看舒卷，
鲲鹏水击三千里，
回翔天壤间。

091

这两天冷，又有风，正是所谓"有风北来寒欲僵"。这样的早上，天边刚刚露出些微光，走在上班的路上，总有些感触，还有期待。东坡语曰：

霜林日夜西风急，
长共杉松斗岁寒。
父老借问我：
君何事、奔走尘凡？
君不见万松岭上黄千叶，
半随飞雪渡关山！
此身自断天休问，
使君九万击鹏鲲。

人生底事，来往如梭。
早知身寄一沤中，
本不计较东华尘土北窗风，
风雨过、一江春绿。
山中读书三十年，
寂寞闲窗《易》粗通：

但空江、月明千里，
一笑人间今古。

092

奥森公园，健走步道10公里。虽是阳光旭日，却并不炎热，又有风，空气也清爽。走在路上很有劲。然而，走到大约4公里处，口渴，于是中途小憩喝水。

突然就想起一些年前，因为工作关系，在南方一座小山村待了一年多。有一段时间，常常独自一人背了包，从乡镇出发，在炎炎烈日下，沿了河岸上的山岭，蜿蜒向上，一直到山顶，再往下，到山的另一边谷底，才到三五人家。与村民随意交谈，沟通商量，开展工作。条件极其艰苦，但自身并不觉得，因为有希望，能够感觉到生活工作的种种意义。

也曾在秋天，暴烈太阳下走在中途，突然遭遇骤雨，只能继续向前，不能后退，直到目的地；也曾在夜间，专门拜访山间一长者，请教种种问题——他一生引以为傲的是，曾在专门刊物上发表过数篇散文；也有过秋天的晚上，搭乘运送谷物的货车，山间明日一路伴我回家……

而现在，看着步道上正在走过的人们，知道那种种情形离我真是太远了，却又那么近，我伸出手，就还能掬起那一泓山泉的甘冽，那一捧泥土的滋润，那一杯米酒的甜香！东坡语曰：

草木娟深幽，

何处飞来双白鹭？
阅世似蜉游。

流水在屋下，
敲门试问野人家，
一身寄天涯。

093

　　最近，有机会随同一个小小团队，往华沙、迪拜、科伦坡，做了一次长途的行旅。虽然工作紧张，却也暂时换了另一节奏，算是心情的一种放松。东坡语曰：

　　　　湖边草木新着霜，
　　　　老夫聊发少年狂。
　　　　我时醉眠风林下，
　　　　云里车声出未央。
　　　　何时共乐升平事，
　　　　澹月疏星绕建章。
　　　　俗缘千劫磨不尽，
　　　　梦里匆匆共一觞。

　　在这样的行旅当中，我总还起一种心思，就是把眼前的所见所闻，与个人所经历的日常，来作一比较。然而，也就是很淡然的样子。

　　此行，印象最深的是，曾经在很早的清晨，上到科伦坡的一个火车站台上。这火车站，就紧临印度洋，望出去，阵阵的海浪一波又一波，舒缓，从容，又有力量，从辽远的大洋中间翻涌近来——你甚至会觉得，那浪直冲涌向你的心上来。而这时，一列火车缓缓驶来，停下，一群群的人们下车，直如流水一般，急速地四散开去。复又看见的，还是无边浩瀚的大海。

其时，一个人伫立在空空荡荡的站台上，胸中不觉流出一种自然的意味：流年。

在万里飞行的长途中，总有些无聊赖的样子，翻看手机里的东坡诗，竟还有"万里""流年"的句子。东坡语曰：

心在飞鸿灭没间，
梦中化作飞空仙。
九万里风安税驾，
共将诗酒趁流年。


富贵功名老不思，
流年冉冉入霜髭。
莫作天涯万里意，
欲师老圃问樊迟。


万里云山一破裘，
流年未肯付东流。
水洗禅心都眼净，
人间俯仰三千秋。

春节的乡间，微微的阳光，些许温暖的清风。

望着眼前空旷的田地、山野，就能够隐隐而又真实地感觉到：在那一片土地下面，生命之根已蓄积起巨大的能量，很快地，大地注定复活、发展、向前。

想到这些，心情就无比愉悦，为朋友，也为自己。

云闲若有仙，　　　（曹　唐）

经声夜息闻天语，　（沈佺期）

何处欲归临？　　　（王　维）


旧友几人在，　　　（许　浑）

但将酩酊酬佳节，　（杜　牧）

舒君郁郁怀。　　　（刘　驾）


故乡何处是？　　　（杜　牧）

含情一向春风笑，　（罗　虬）

早日弃渔樵！　　　（李商隐）

095

　　天色未晓，正是悄无人迹时分。然而，疾走在这四围都是山的路上，又并不觉着寂寞。因为，就在林树后面，正演绎着大自然的四重奏。

　　先是悠扬悦耳又拖长的鸟鸣，次之以尖锐的叽叽喳喳，再兼以蝉虫低吟。这时候，侧耳细听，已是神宁意清，但又似乎还缺少着一些什么。

　　正在这样期待，水面两边，高坡上的高树高枝上，猛地传来一两声粗犷朴实的鸣叫，一边唱，一边和。我知道，那是孔雀。这声音，听起来并不悦耳，但是嘹亮，犹如集结的号角；也不优美，但有磁性，有无形的感召力量。

　　听着这声音，林树间仿佛陡然激起振奋的空气，而我，也愈走愈快了。

　　此行，来到的是边远的柳州。地方上的人士说，紫荆是他们的市花。我们来得正是时候，全市二十余万株紫荆在街市道路两旁以及中间争相怒放，真正是夹道欢迎了。也由此与人谈及共同熟识的一位尊者，在这个地方的些许往事。

　　其间，又曾往名为鹿寨的小小地方，乍听之下，总浮现起呦呦鹿鸣的情景。请教地方上的人士，这名称有何讲究。答云：此地建县千年，原无此名也无鹿。新中国成立之初重新建县，军队安营扎寨的地方，有一高山形极似鹿，其下有六个村寨，乃名之"六寨"。而当地语言，"六""鹿"同音，久而久之，遂成"鹿寨"。现在，地方上又特引进一批大鹿，竟极活泼可爱，这又是另外的故事了！

　　坐在飞机上，闲寂无聊，翻看手机里的照片，想起种种工作情况，以及几日来的所见所闻，有很多感触。东坡语曰：

　　　　寻山得胜游，
　　　　万里归来年愈少，
　　　　犹贤柳柳州！

　　　　今日南风来，
　　　　湖水东边凤岭西，
　　　　气象自熙熙！

与沪上时旧友匆匆一晤，他还携了两包龙井茶来，就在这西湖边上。东坡语曰：

> 两翁相对清如鹄，
>
> 西湖西畔北山前，
>
> 云深人在坞。

一种说法，晴西湖不如阴西湖，阴西湖不如雨西湖，雨西湖不如雪西湖；另一种说法，晴西湖不如雾西湖，雾西湖不如雨西湖。

清晨即起，发现邂逅西湖"三美"：阴西湖、雾西湖、雨西湖。难得！

097

　　因为工作原因，途经兰考境内的东坝头黄河大堤，此地古称"铜瓦厢"，是曾经被金庸大侠写进《笑傲江湖》一书里的地方。

　　时已黄昏，有大风，停车暂立黄河岸边，远望水天一体。只不知，令狐冲当日是否也站在这河边的位置远眺。于是，忍不住有无穷思想。东坡语曰：

　　　　暮色千山入，
　　　　百年暗尽往来中，
　　　　寂寞无人见。

　　　　溪山久寂寞，
　　　　遥知二月春江阔，
　　　　水流天不尽。

098

工作中间，突然有所思，想起了青春少时的景致情形和种种人事。

有时闲酌无人伴，　（白居易）

知君忘却曲江春。　（张　籍）

翠竹黄花皆佛性，　（司空曙）

白眼看他世上人。　（王　维）

很是凑巧，我常常在地铁里读苏东坡，又有几次在飞机上读诗。此刻，读的则是王维，《辋·王维》——这是一位朋友向我推荐作者的另一本书《毛泽东影响中国的88个关键词》时所提到过的。在飞机的轰鸣与颠簸中，感受"诗佛"，与他的辋川，真是别样！

此行，是到兰州，还到了名为白银的地方。而王维，也曾有边塞诗人的身份。他的"大漠孤烟直，长河落日圆"，足可称为千古名句。虽只在白银停顿一晚，然而不期而遇的沙尘暴，还是让我领教了大自然的威力，也因此而遥知古时边塞之苦与寒。

大漠、辋川、长河、清溪……随着书中字节的不断跳跃，这样的景象交替直映入脑中。而王维的此两句诗，又与东坡的句子相联结，从脑子里一同冒了出来。


大漠孤烟直，

北望飞尘苦昼霾，

想象云梦泽。


何以解忧思？

清溪绕屋花连天，

长河落日圆！

清晨，于办公室读宋人笔记，有两则逸事引起了兴趣。

一则是《道山清话》，关于刘攽。

　　馆中一日会茶，有一新进曰："退之诗太孟浪。"时贡父偶在座，厉声问曰："'风约半池萍'，谁诗也？"其人无语。

查韩愈，原来是出自其《独钓四首》，真是很妙的诗：

　　　独往南塘上，
　　　秋景晨气醒。
　　　露排四岸草，
　　　风约半池萍。
　　　鸟下见人寂，
　　　鱼来闻饵馨。
　　　所嗟无可召，
　　　不得倒吾瓶。

另一则是《山房随笔》，关于辛弃疾。

辛稼轩帅浙东时，晦庵南轩任仓宪使。刘改之欲见辛，不纳。二公为之地，云："某日公燕至后筵便坐，君可来。门者不纳，但喧争之，必可入。"既而，改之如所教，门外果喧哗。辛问故，门者以告，辛怒甚。二公因言改之豪杰也，善赋诗，可试纳之。改之至，长揖。公问："能诗乎？"曰："能。"时方进羊腰肾羹，辛命赋之。改之对："寒甚，愿乞卮酒。"酒罢，乞韵。时饮酒手颤，余沥流于怀，因以"流"字为韵。即吟云："拔毫已付管城子，烂首曾封关内侯。死后不知身外物，也随樽酒伴风流。"辛大喜，命共尝此羹，终席而去，厚馈焉。席散，南轩邀至公廨，置酒语之曰："先君魏公，一生公忠，为国功臣，厄于命，来挽者竟无一篇得此意。愿君有作，以发幽潜。"改之即赋一绝云："背水未成韩信阵，明星已陨武侯军。平生一点不平气，化作祝融峰上云。"南轩为之堕泪。今《龙洲集》中不见此二诗，岂遗之邪？又云：稼轩守京口时，大雪，帅僚佐登多景楼。改之敝衣曳履而前，辛令赋雪，以"难"字为韵。即吟云："功名有分平吴易，贫贱无交访戴难。"自此莫逆云。

不禁引起了许多联想：古之为官者，竟还能很文很雅。进而又想起读研究生时，偶尔与同学涮羊肉，每每击鼓传花，以飞花令斗酒，有智慧，显文才，气氛甚是热烈，能够真正把心交出来。即使喝酒——用今天的话说——也充满正能量。反观到今时今人，似乎气象难再矣。东坡语曰：

> 青山映华发，
> 簿书丛里过春风，
> 离恨几千重！

101

广州，入住东山湖畔。从窗口望出去，有水，有树，有人行桥上，更有林立高楼，隐在林树后边，竟有海市蜃楼的意味。虽然是在城市中央，亦令人起心旷神怡的思想。东坡语曰：

　　临风一挥手，
　　卷却天机云锦段，
　　陶然有余欢。

车疾行，思无尽，在这高铁向着湖南——我的故乡——疾驶而去的途中。东坡语曰：

> 蒙蒙水云里，
>
> 霜鬓不须催我老，
>
> 春山无限清！

103

端午读东坡诗，特地选取了以端午为题的句子。突然就来了兴趣，从各诗中选取数句，集为一串，名为"乱弹"。东坡语曰：

我生亦何须？
十分酒、一分歌，
耿耿清不眠。
明朝端午，
古刹访禅祖。
归来一调笑，
眼界穷大千：
孤灯同夜禅，
菖花酿酒，
朱唇箸点，
讼庭人悄，
佳人相见一千年，
正是维摩境界！

在小区院子里走路，又见刺猬。算起来，已经有连续七八年时间，在小区院子内发现刺猬了。很是奇怪，在城市的中央，它们如何能够生存下来？东坡语曰：

秋向晚，略从容。

相携行到水穷处，

一点灵犀必暗通。

105

昨天，一手推自行车，一手拿了几样东西，一不小心，差点绊倒，还被路边的月季花刺划了几道痕。这时候，才注意到，月季已过盛季，有些花，也几近枯萎了。

一下子对月季发生了兴趣，查检了一下，东坡有诗《次韵子由月季花再生》，其中有"聊将玉蕊新，插向纶巾折"句，注云"世谓此玫瑰花"。这或许也是东坡唯一一首咏玫瑰之作。月季与玫瑰有相似处，那种美好的姿态总引人遐想。东坡语曰：

　　幽芳本长春，
　　更望红裙踏筵舞，
　　暗香生雪肤。

等着开会，翻看手机。有一段前些天在广州时，随手拍的"小蛮腰"视频。白居易有两姬，一为樊素，一为小蛮，二人甚为其喜欢，曾为诗云："樱桃樊素口，杨柳小蛮腰。"苏东坡也有"一颗樱桃樊素口"的句子，但未直接写到小蛮。然此为人，眼前所见的，却是一个城市的标志建筑，不过都给人深刻的印象。东坡语曰：

　　　　婉然初垂髫，
　　　　而今只有花含笑，
　　　　谁会两眉颦？

　　　　临风一挥手，
　　　　娇眼横波眉黛翠，
　　　　吾行欲安归？！

107

从书房里很费劲地找出这本书：《静水深流》。书还是十年前的，但一直没完整读。当初买，一是因为作者为贾平凹，一是因为这个书名。

小时候，春天发洪水，看着波涛湍流浩荡，总起一种感想：力量在水面之下，深流之中。这也是我喜欢这本书的奇怪缘由。

> 我满怀着从此踏入幸福之门的心情要到陌生的城市去。但20年后，我才明白，忧伤和烦恼在我离开棣花的那一时起就伴随我了，我没有摆脱掉苦难。人生的苦难是永远和生命相关的，而回想起在乡下的日子，日子是变得那么透明的快乐。

而读下来，这一段关于透明与快乐的话，又引起我的联想，竟都与酒有关。

在村子里，过春节、办喜事，喝酒要划拳，讲求有气势，热闹，因此粗犷、直捷、质朴，声音远远传出去，要让四邻都知道——而现在，父亲已经不在了，当年的青年也渐苍老。

在上海读研究生，宿舍里支个电炉涮羊肉，以飞花令、击鼓传花形式，吟诗，斗酒。而现在，同学们都在奋斗着，虽相互关心，却少联系。

前几年，因为工作待在一座山里头，白天任务繁重，埋头干活。往往夜深了，三几个人，几小包炒花生米，在房间里，捏着火柴棍，猜长短，击鼓传花，喝小酒，气氛热烈、认真。而现在，其中一位因自身工作卓越，已到地方上担任重要的岗位。前些天，我刚刚去看望过他一回。

工作不论如何变迁，生活都在向前，丰富，简单，都可以很精彩。然而，对于人，属于故乡的，属于久远的，应更为根本。


西园高树后庭根，　　（薛　能）

落英频处乍闻莺。　　（李　绅）

石径幽人何所在？　　（皇甫冉）

碧落片云生远心。　　（刘　沧）


东坡语曰：


夜开丛竹轩，

激越荡乾坤。

他时一醉画堂前，

心境两奇绝。

108

　　收到家里人寄送来的杨梅，算是地方上的小小特色产品，号称"无核"的木洞杨梅，其实是果核很小而已，而"木洞"，则则出产这杨梅的山岭名称。

　　然而，家乡的味道总是很好，甚至是最好的。

　　晚上，在小区院子里再次邂逅小刺猬，我认定前几天碰上的就是它。没想到的是，再走几步，又遇见第二只。

　　不由想起，少年时候上山摘杨梅的情形，那是一定要吃太多太多的。等到吃饭，才发现牙齿已经整个儿酸软了。那时候，山上的灵物甚多，野猪、黄羊、锦鸡、穿山甲。只是刺猬，倒未曾见过。东坡语曰：

　　　　梅子欲尝新，
　　　　行遍天涯意未阑，
　　　　曲肱有馀欢。

每天早到办公室两小时，阅读，听诗，理思绪，是我多年的习惯，也是自己很享受的独处时间。刚日读经，柔日读史。但今天怎么也静不下来，思绪有些乱，脑子里闪过很多，翻检苏诗，也是东一句西一句，真正称得上"乱弹"。东坡语曰：

谈笑出伟奇，
秦人今在武陵溪，
世俗安得知？

苍茫瞰奔流，
明年春水漾桃花，
清风自满舟。

成败无穷事，
当时坐上皆豪逸，
户庭空履迹。

何处不堪行？
独自吹箫月下归，
敛收平生心。

110

再遇小刺猬，先是一只，接着是三只一起！其中，两只正在合伙欺负着另一只——或许，它们只是在嬉戏——但那一只确乎是把身子缩成刺球，一动也不动了！

本想着给它们来一张合影，但两只刺猬却丢下自己的小伙伴，迅捷逃离而去了。

然而，这情景令我更加确信，在我们熟识的人间社会之外，还存在着一个，或者许多个，神秘、生动、趣味的别样世界。

就又想，能够把那个别样世界描绘到温情的，沈从文算得上一个，汪曾祺、孙犁或许也是。慢慢地，脑子里一片温暖，竟想到故乡的青山屋宇了。东坡语曰：

> 风轻花自落，
> 相与笑语不知夕，
> 如我与君稀。
>
> 闻香杳难寻，
> 欲待曲终寻问取，
> 起听风瓯语。

江远欲浮天，
王孙本自有仙骨，
眼界穷大千。

东去愁攀石，
故教江水向西流，
相对自忘忧。

111

白天的工作完成了，独坐房中，翻看用手机一路拍下的照片。此行到龙江，真是较北京凉快些。更何况，还有哈尔滨中央大街的繁华热闹，以及松花江的清风，如此等等，不禁心境大佳。东坡语曰：

相逢不用忙归去，
仰看白云天茫茫。

遥想人天会方丈，
半瓶浊酒待君温。

闭眼观身如止水，
一枕清风直万钱。

我自飘零是羁旅，
不妨还作辋川诗。

卷却天机云锦段，
而今更有火中莲。

奥森公园走10公里，几乎是我周末的常课。走完这路程，并不难，难的是走在这路上，一步一步将脑子清空，进到澄明轻安的状态。在这样的状态下，足可以更加纯粹地向前，因为这时的你，一定更加绿色、阳光、积极。东坡语曰：

青山石岸东，
数到云峰第几重，
神仙知在何处？

浮空野水长，
梦回犹有暗尘香，
仿佛似三生。

万事一笑空，
归去青云还记否，
千里快哉风。

**113**

非常幸运，有机会回到自己博士学习三年的地方，面向众多人士，介绍自己工作与思考的种种情况。

我在这里读书学习，还在二十年前。于是，特地早到一小时，独自一人，流连，漫步，拍下各种场景。这些情景，多数都是曾经熟识的，内中唯有湖中停留的一艘有极大特殊意蕴的木船，是当年未曾有的。

恰好就在前些时候，我出差到南方一个省份，工作之余，曾经抽出一点闲暇，去看过了此地方上李叔同的一个纪念馆，记住了他"勇猛精进""悲欣交集"的话。就在闲谈之中，我得以知道，眼前所见的这一艘木船，就是由地方上仿制赠送的。东坡语曰：

> 芳草迷归路，
> 往事回思二十年，
> 永与夫子游。
>
> 乐哉无一事，
> 人间俯仰三千秋，
> 相看万事休。

聊随物外游，
使君九万击鹏鲲，
登临忆武侯！

114

晚上，到达一个叫绥棱的小小地方，县里人口刚刚三十万人。早起，发现住地的边上有一个植物园，还不小。一边走一边拍，看标识牌，均以名山称之：你是往华山，还是恒山、衡山？

我突然还看到了武当山的标识牌。于是，就想起一些年前，在武当山中，为一位朋友信口编的几句话。

> 紫霄宫上神鸦起，
> 太子坡前静读书。
> 孤衷求计人间道，
> 十年情见万般殊。

此时此刻，眼前却引人以更辽阔的心境。路边小区的门口，有青年人新婚志庆，还特地摆上六门红礼炮，平添了许多喜感。今天，还会与地方上各方面的人士探讨我工作中的各方面，相信又会有许多新的启发。东坡语曰：

> 花枝袅长红，
> 无数青山水拍天，
> 游戏暂人间。

春江有佳句，
寄与江边北向鸿，
一笑开天容。

上班路上，因为还很早，寂寞少人，很安静。

就在小区胡同的围栏柱上面，两只野猫蹲在那里，脸隔得那么近，几乎就要挨到一起了，互相深情凝望。一只不停地引吭歌唱，不知疲倦。而另一个，只是静静聆听，不厌其单调而重复。

真足以引起一种哲学的畅想。东坡语曰：

昵昵儿女语，
且看桃花好面皮，
唤作小蛾眉。

含思愁脉脉，
青鸟衔巾久欲飞，
皎皎似吴妹。

萧然北台上。
人前深意难轻诉，
同作逍遥游！

这一趟旅途，甚是漫长。因为雷雨天气，先是从北京出发前，在机场枯坐了五小时。及至出发，飞行途中又一路的剧烈颠簸，读书读到有点东倒西歪的样子，头晕不止。然而，这本清人的小册子《钟山札记》，关于汉高吕后的事迹以及君子小人的比喻，还是让我从一小小角度，领略古人虚心涵泳的读书态度与风采。

一则是"欲奇此女"：

> 《汉书·高帝纪》："吕媪怒吕公曰：'公始常欲奇此女，与贵人。'"欲奇云者，由人自以己意奇而异之也。《史记·外戚世家》王太后母臧儿卜"两女皆当贵，因欲奇两女"云云，文法正同。乃有朱子文者，以为当作"公始奇此女，欲与贵人"，便成时下庸句。此类监本乃取而载之，何也？

另一则是"水喻君子油喻小人"：

> 魏环溪先生云："偶见水与油，而得君子小人之情状焉。水，君子也。其情凉，其质白，其味冲。其为用也，可以浣不洁者而使洁。即沸汤中投以油，亦自分别

而不相混。诚哉君子也！油，小人也。其性滑，其质腻，其味浓。其为用也，可以污洁者而使不洁。倘热油中投以水，必至激搏而不相容。诚哉小人也！"案此比喻极确。既知其所由分，而调停中立之说皆谬矣。

轰鸣声中，看着飞机下边飘逸的白云，想起少年时候，到山中放牧耕牛的种种情形。那时，把家中的大水牛赶到山岭上，我常常携一卷书，在树下青草丛中，半躺半坐，待上大半天。而现在，偶尔回到乡间时，则再不见牛的踪迹了，耕田基本已采用小型的机械。只不过，那时我是在云彩的下边，此刻却是在彩云之上。东坡语曰：

> 寂寞闲庭户，
> 读尽床头几卷书，
> 风微动窗竹。

> 鹤闲云作氅，
> 我卧读书牛不知，
> 何以解忧思？

> 世事非吾事，
> 大小真伪何足评，
> 酌酒话交情。

这是我所到过的最小的县城——乐业，南北三公里，东西一公里，总共只三平方公里，人口刚刚四万。却又是很难得的长寿之乡，全县十七万人口中，过百岁者达三十二人。晚上极安静，又极凉爽舒适。

更难得的是，地方上建设的主持者信心满满，有许多雄心奇志，更多的还是进行中的行动。他为人热情，一路介绍着，带我走过城中仅有的两条街，虽然因为环境的逼仄，各种建筑显出凌乱与拥挤，却也还算干净。两旁的石山，也都覆盖了青绿树木，就在眼睛上边，这算是很奇特的感受。

主人告诉我，正在规划建设县城新区——通过开凿几条隧道，到山的另一面拓展新的区域；还有，正规划削平几道山岭，建设一个小的机场——就在山岭之上。这两项工作，也都正在建设或者准备建设的过程之中。

凌晨时分，天色微明。煮一壶茶，一个人坐在房外的阳台上，看着陌生而又亲切的小城，与住地紧傍的岩石山岭，虽然黑黝黝一片，却极祥和，真正是神息相依，内心无比安宁。

这一路非常紧迫，晚八时抵南宁，接着毫不停歇即上车，经四小时、临近子夜十二时到达百色。第二、三天又继续向前，都是白天工作，晚上赶路，每天总有超过五小时疾行在山间路途，真称得上一直在路上。围绕一个短暂而闪亮的青春生命，见各式人物，谈各种情形，还察看还原她生前工作、生活、学习的种种现场，所见所闻，感动触动，心灵净化，精神提升。

此刻，翻看车疾行于山间道上时，随拍的各种图景，想到此行任务，有所感有所思。一些年前，自己也曾在极艰苦的环境中工作，然而因为青春，却从不曾苦闷，只有快乐，只知奋斗，只会耕耘。为这遥远却极亲切的日子，也为今日依旧在类似自己当年所处的环境下作朴实努力的人们，在这飞行途中，白云之上，我有千万分的联想与祝福。东坡语曰：

十步八九休，
尘世难逢开口笑，
慎勿苦相思。

白鹤返故庐，
归来分得闲中趣，
雍容时卷舒。

激越荡乾坤，
天公为下曼陀雨，
留连蝶梦魂。

近日，难得与二十年前的诸老友有晤会之便，就紧邻着黄浦江的水边，谈过往、叙未来，豪情稍逝、理想依旧，而愈显其夯实坚强。我也相信，国家社会民族的大事业，就是在人们的默默努力中，一步步向前的。

偶有闲，再读《出颍口初见淮山，是日至寿州》：

> 我行日夜向江海，
> 枫叶芦花秋兴长。
> 长淮忽迷天远近，
> 青山久与船低昂。
> 寿州已见白石塔，
> 短棹未转黄茅冈。
> 波平风软望不到，
> 故人久立烟苍茫。

这是东坡诗中我极喜欢的一首。其时，东坡去国离乡，心情难免忧抑，然而面对水天相接，自然流泻出秋天行旅的逸兴，可说是景情交融、韵律优美、以实写虚的好诗。

反复诵读此诗，边读边想，边想边读。思及工作和学习生活种种情事，不禁有所寄托之意。东坡语曰：

浩若涉大荒。
我行日夜向江海，
仰见鸿鹤翔。

漂流二十年，
枫叶芦花秋兴长，
何处不清凉。

忧患已再尝，
长淮忽迷天远近，
无复似张良。

前路高且长，
青山久与船低昂，
独照一天碧。

谈笑万夫上，
寿州已见白石塔，
何日遣冯唐！

客舟何处来？

短棹未转黄茅冈，
知音如周郎。

堂上画潇湘，
波平风软望不到，
余韵尚悠扬。

欲知归路处，
故人久立烟苍茫，
永与世俗忘。

119

　　清晨，在小区里发现一丛菌类植物，不知其名，也不知是否毒株。于是，由此联想起少年时候，在山中林间采撷蘑菇的情形，以及种种人事。而今，是很难安心下来，体味那样的闲逸真趣了。

　　读东坡词，总觉得与他人词，也与东坡诗，别有新的情韵。不禁以四、六、四式，缀集苏词，春夏秋冬，歌以四叠，再加一重，以致白首忘机。东坡语曰：

　　　　叠叠青山，
　　　　小舟横截春江，
　　　　竹坞松窗。

　　　　菖花酿酒，
　　　　欹枕江南烟雨，
　　　　无言心许。

　　　　奔走尘凡，
　　　　且趁闲身未老，
　　　　岁岁登高。

放笙歌散，
看取雪堂坡下，
往事千端。

叹隙中驹，
俯仰人间今古，
白首忘机。

120

昨天，久未晤面之学长自沪上来，有缘再次当面感受其思想之锐利光辉，真正是名教授、名学者的风范！

小酌中，脑子一热，竟向他说，自己读书甚多，多到甚至比他还多。回家后，念及此，甚悔。即使到今天，在一天的会议中间，不安之情还反复冒出来。东坡语曰：

幽忧吾未除，
高人读书夜达旦，
起听风瓯语。

起寻梦中游，
读书万卷始通神，
蟪蛄疑春秋。

簿书高没人，
山中读书三十年，
何异刻剑痕。

近日，一个偶然的场合下，得到一册奇书，是一位学问家向自己的学生讲述治学、修身思想，由听讲的学生所记载下来的谈话录。而所谈论内容的领域，涉及甚宽甚广，恰恰也是自己这一段有所兴趣的。读下来，发现自己真是不会读书！

然而，日子总还得继续；书，也还要读。东坡语曰：

世事一场大梦，
半生弹指声中！

潋潋夜未央，
幽人隐几寂无语，
余韵尚悠扬。

122

秋天来得疾速，正是北京最好的季节。于是，想象记忆过去日子中的蓝天白云情形。东坡语曰：

　　天高欲横参，

　　正见青山驳云锦，

　　来洗尘埃颜。

看微信，一位尊长有赋菊诗，种种情怀壮志，动人素心。"真香熏法界，明月照人间。"知其为"奉题"，又有"文人互赏赞华章"句，虽不自以为文人，依然心动，因翻检苏诗，欲步其韵而不计平仄，缀联成章以和。东坡语曰：

> 黄花重见一枝霜，
> 仲尼忧世接舆狂。
> 安能终老尘土下，
> 无复寥寥叹未央。
> 何时共乐升平事，
> 澹月疏星绕建章。
> 风流文采磨不尽，
> 各饮三万六千觞。

124

　　清晨，院子里空无一人。沿着墙边绕湖而走，突然觉得眼前这株大树，斫出的形状有特别的味道，初以为是有意为之，细看不然。我总以为，那是两位世外的高人，坐而论道，抑或对弈的情形。东坡语曰：

　　　　一樽曾与子同携，
　　　　不论世外隐君子，
　　　　相逢话禅寂。

周末的清晨，西北高原之上，高铁车行途中。窗外有阳光，地上还覆盖着薄的雪，我也知道，还有风。东坡语曰：

> 狂风卷朝霞，
> 身行万里半天下，
> 吹乱芦花雪。

126

为了要做一件小小工作，待在城市中央的宾舍。晨起看窗子外面，有太阳光初起，正要照射过来。收到友人的信息，知道他近日将要抵京，望一晤。突然，脑子里就起了"携手老翠微"的想法。东坡语曰：

> 望乡心与雁南飞，
> 知道故人相念否？
> 携手老翠微。

> 寄声问道人：
> 身轻步隐去忘归，
> 携手老翠微？

127

北京下雪。阅读，笔记，整理。守在房子里，望着窗外，有所思。东坡语曰：

> 双凫飞去人千里，
> 槎有信，赴秋期。
> 故人重见，
> 湖水东边凤岭西，
> 却寻三十年前味：
> 当时坐上皆豪逸，
> 妙思如泉，
> 谈笑出伟奇，
> 更无一点尘来处。

阳光茂盛时候，望着青天下高树上依然挂着的柿子，总有莫名的愉悦。今天却是阴冷，又苦于霾气，有些压抑。于是想到，冬至已过，春天确乎不远了。因而，期盼着明媚时光的来临，就如同少年的光景。东坡语曰：

山雨潇潇过，
洗出碧罗天。
梦里栩然蝴蝶，
妙舞蹁跹，
为我留连。

故人渐远无消息，
萦望眼，
西湖西畔北山前，
竹间时听鹧鸪啼，
一洗闲愁十五年。

漫天大雪，从昨夜起，到今天一整天，一直下个不停。

十七年前，"非典"时期，我想到了一句话：

    2003年，北京的春天，戴上了口罩。

想不到的是，今天，很遗憾地，竟然又续上了这一句：

    2020年，中国的春节，戴上了口罩。

望着窗外的雪花，有许多的思绪，想到了这一场大疫，将会给国家、民族、社会带来什么样的深刻变化。而更多更真切的，当然还是感动和奋起。

静坐当中，翻阅苏东坡，缀玉联珠，抒胸臆、述心怀，以献给逆行向前的众多白衣天使，以及奋勇战疫的各方面的人们。其实，他们，更是勇猛的战士！东坡语曰：

**惊变**

楚客方多感，

江南无雪春瘴生，

相对如梦魂。

**感叹**
志一气自随，
尚余孤瘦雪霜姿，
扶病及良时。

**祝愿**
驱攘三彭仇，
半随飞雪渡关山，
一笑惊尘寰！

130

　　一位同乡老友的朋友圈，有一小捆细小竹笋的图片，于是知道：在人们专心战疫的紧迫情绪中，春天，不经意间来临了！

　　故乡多竹，无论是粗大直拔的楠竹，还是指头大小的青翠细竹，我都怀有极特殊的感情。而笋，无论冬笋还是春笋，都是鲜美的食材，即使是在北京也还能买到的。东坡有诗云："风轮晓入春笋节，露珠夜上秋禾根。"这个"节"字，又还时时给我以生命拔节的印象，带来力量。

　　于楠竹，我曾经随了叔父，在冬天，去挖了几十株，移栽到新开挖过的一片林中。而今，那已经是一片茂盛的竹林了。

　　于细竹，还在初中时候，有做竹木生意的人，每年到村里来收购细竹。有论斤两重量的，是要用来造纸；有论根数的，这就要求更高一些，个头要大，要直，据说可以用来做建筑的素材，做成墙面板壁。我到山里去砍了来，卖了钱，往往就足够我新一学期的学费、书本费了。有时，还可以余出来一些，我就去买在乡间能够买到的各种书籍。

　　看到援鄂医疗队开始分批离汉的消息，虽在意料之中，却依旧有深深的感动。

　　今天，走过街巷，特地注意了一下街边各色店面开门营业的情况，正在恢复之中。而家里临街窗外的大街上，又开始有了车流缓慢的情形。

真是有一种莫名的踏实，轻安，喜乐。东坡语曰：

山苍苍，水茫茫，

楚境横天下，

归意已逐征鸿翔。

长江绕郭知鱼美，

瑞露酌天浆，

何时共乐升平事，

殷勤且更尽离觞：

神功与绝迹，

余韵尚悠扬。

在夜半向着清晨的微光里，我于梦中醒来，有点寂落，迷茫，就拿起手边新有的一册古书《古今义烈传》来翻看。这书的作者张岱，是很有道德色彩的人。因而，千百年了，那书中的种种人物从纸页里走来，依然一往深情，满怀壮烈。

然而，不知不觉地，又进到那梦的熟悉而亲切的情景去了。

还是在即将步入工作之前，曾在湖南湘西，一个名为葫芦寨的小小地方，待过一段短暂的时间。那里，是毛泽东很尊敬的老师袁吉六——人称"袁大胡子"的出生地。距离茶峒不远，就是沈从文的"边城"。

那真是很神奇的土家乡寨。记忆中历历在目的是，到集市上去，有一只只健硕的鸡，捆了依次摆在街边两旁，并不论斤两轻重，而是以"只"来标草而卖的。还有浓烈醇厚的农家米酒"苞谷（玉米）烧"，其独特的气息，从旧而整洁的木屋飘逸出来，直撩人心怀。当然，更令人难忘的，还是那无数朴实、善良、讷言、明理的人们。

我在那里，正是春天的时候，就如同现在这个繁花萌蘖，灿烂，又再凋落的季节。然而，那花是开在野外和林子中，遍山遍野，重重叠叠，而又并不繁复，因为有层次，有远近，青天白云，鸡鸣犬吠，弥漫其中。穿过村寨而去的，是一条小的溪流，弯弯曲曲，草木掩映，流得激荡、欢乐、清澈，在那水面上，满是片片的落花瓣儿。

"青山在屋上，流水在屋下。"确乎！即使陶潜的桃花源，单从这一幅画面看，可称得上"庶几近之"了。

就是梦到这里，醒了。然而，我觉得又还在梦中。东坡语曰：

> 山下兰芽短浸溪，
> 潋潋吐寒碧。
> 岂知涛澜上，
> 芍药樱桃俱扫地，
> 归路老更迷。

看了一摞文字，有些倦了，想要做一节脑子的保健操。突然想起少年时候，听到的一件旧事。

　　地方上传说，河中有一种极鲜美的鱼，在一年中的某个季节，有毒，不能食用，类似于河豚。但终究只是传说，并没有人亲见与实证过。

　　于是有年轻好事者三人，想要试验，备了酒菜，要享受那美味的鱼鲜。其结果，还未等一壶酒终了，三人均中毒，急急送医，才都活了过来。

　　就此，忆起种种乡间的故事，也想起故乡此一时节，所具有的种种好处来。东坡语曰：


　　　破釜不著盐，
　　　惭愧春山笋蕨甜，
　　　东望忆陶潜。

133

　　照大学里所接触的最初的专业，历史可算我所读的本业——其实，那时并没有读通。"刚日读经，柔日读史。"近三五年时间了，我不仅"柔日"读史，而且"刚日"也读史，几乎全部空闲的时间，都要耽在这里头了。于是，翻一翻东坡，其实就算是消遣、放松了。

　　所居住的城市小区，最近有两件新鲜事：一是院子中间才二三十平方米的浅水池中，竟然吸引来两只活泼的野鸭，作为迁徙中途的栖息场所，小区的居民一致予以欢迎、友善的态度；二是夜间丝毫不间断的蛙鸣，在一部分人看来影响自己的睡眠，另一部分则认作大自然的和谐乐章，于是在微信群中展开了热烈的议论。

　　就在这样的气氛中，无意翻到苏东坡的一篇《自评文》，读下来，很有一点遥远的想象。

　　　　吾文如成斛泉源，不择地皆可出。在平地滔滔汩汩，虽一日千里无难。及其与山石曲折，随物赋形而不可知也。所可知者，常行于所当行，常止于不可不止，如是而已矣。其他虽吾亦不能知也。

于是，又去翻东坡诗，一边翻捡，一边就又想起少年时候的乡间，夜中的月与星，以及月亮、星星的种种故事。东坡语曰：

　　　　茫茫夜潭静，
　　　　坐待月流天。
　　　　仙风锵然韵流铃，
　　　　翠房深迥，
　　　　飘瓦落空庭。
　　　　徘徊问耆老：
　　　　阁道中间第几星？

134

　　小区院子里池边，看此一双野鸭，是一种乐趣。优游自在，闲逸无心，清风流意。一种境界，总在招呼着你。东坡语曰：

　　　　溪边策杖自携壶，
　　　　枇杷已熟粲金珠。
　　　　花无意，
　　　　鱼在湖，
　　　　映空疑有无。

　　　　鸭绿波摇凤凰影，
　　　　水云先已漾双凫。
　　　　幽人隐几寂无语，
　　　　风骨自是倾城姝，
　　　　雍容时卷舒。

有尊长者专门委托了人，惠赠他个人的大著《星夜遥寄》，乃近体诗词萃集也。十分感动，于是集中周末时间，学习，品读，思考。个人体会，概言之，就是有论者所言，"眼底河山，心中黎庶，笔下春秋"。

　　读到中间，引起无穷联想，乃集东坡诗数句，以表敬仰之意味，祝福之衷怀。东坡语曰：

　　　　星河澹欲晓，

　　　　此心浩难收。

　　　　夜语翻千偈，

　　　　清坐忘百忧。

　　　　遥持一樽酒，

　　　　相逢说旧游：

　　　　寄子百年心，

　　　　犹堪买钓舟！

136

没有集东坡诗，有一段日子了。

在禅宗的流传中，有磨砖作镜的故事，来到故事发生的这个地方，抚摸其间的古木，呼吸山中的空气，总是别有意味。

东坡与佛，与道，都有甚深因缘。翻检下来，又找不到句子来恰切地表达此时的心情。尤其是，不能很好地表达联系世间种种人事，个人心中想要磨砖作境的一种精神。东坡语曰：

> 雨余风日清酣，
> 稻花半作秋香，
> 江水绿如蓝。
> 须信衡阳万里，
> 天高欲横参，
> 时出紫翠岚。
>
> 高堂磨新砖，
> 只恐暗中迷路，
> 危坐试僧禅：
> 一酌曹溪知水味，
> 更容残梦到江南，
> 高遁此心甘。

往常，每年只是春节假期才回老家，很少能有机会在夏秋季节回去。因为这样，少年和青年时候，许多生活、学习和劳作的情景，竟是很有些隔离了。

　　然而，今年在很近的时间内，两次回乡，一次是看望母亲，她的身体倒还令我稍稍放心；一次是送别岳父，这却是人生最后的送行了，很有感伤的意味。只是我明白，自然规律如此，世间事本来如此。

　　也因此，眼前的青山绿水，又还透出其灿烂来。车行途中，我回忆起爬过的山峰坡岭，涉过的溪河水涧，轻轻触摸沉甸甸的金黄稻穗，还下到山谷边，舀上一瓢清冽甘甜的山泉水，深深饮下去、饮下去……东坡语曰：

> 故国千峰外，
> 枕泪梦魂中：
> 一朵彩云何事，
> 独自行来行去？
> 蓬莱宫中花鸟使，
> 吾当追乔松，
> 岩谷意无穷。

蒙蒙水云里，
青山石岸东。
横槎晚渡碧涧口，
弱缆能争万里风。
往事千端，
人生如梦。
世外无物谁为雄？

云的万千姿态，常常引人无尽遐想，也总使人心境愈发高远辽阔。东坡语曰：

> 矫矫如翔鸾，
> 下视九万里，
> 豪气一洗儒生酸。
> 富贵非吾志，
> 人间有味是清欢。

前些日子，大学同学组织毕业若干年的纪念活动，整整三天时间，忆青春往昔，谈壮怀未来。自己无暇参与，然而，看到同学们发来的各种往日图片，也起了许多感慨，触动了许多往事回忆。东坡语曰：

> 谈空说有夜不眠，
> 人间差乐胜巢仙。
> 已托西风传绝唱，
> 更邀明月说明年。

139

　　归，与隐，与耕，是古来文士寄托意志、慰藉精神的恒久主题。与今天的我们，是很远的了。但到了自然郊野之中，清风丽日，村花路柳，山雾江云，总还会令人起一些暂时的微澜。

　　读东坡诗，偶见"水光兼竹净"，"蝉声杂鸟声"，觉得有联句成趣的味道，再搜检数句而述之，凑成一阕以记之。东坡语曰：

　　　　水光兼竹净，
　　　　蝉声杂鸟声。
　　　　故人有奇趣，
　　　　枣林桑野相邀迎，
　　　　诃我不归耕。

乌鲁木齐。翻看手机，有前些日子出行的照片。这是我第三次来到此地，第一次是 2005 年 5 月，第二次是 2015 年 11 月，三次都是住在这个院子里。在这里，我最喜欢的是天色微明之际，走到院中的一座小山顶上，远眺雄峻壮美的天山，看那山巅终年不化的积雪，在太阳光芒下熠熠生辉，也看这座城市，这片辽阔土地。

　　自然，在这苍穹之下，人总会有一些想法，要想沟通、交融。东坡语曰：

　　　　老叶方翳蝉，
　　　　临风有客吟秋扇，
　　　　安闲日似年。


　　　　会当勒燕然，
　　　　天山直欲三箭取，
　　　　眼界穷大千。

141

　　有人在朋友圈发了一个小视频，是关于南方的夏季以半机械半人力方式收割水稻的场景。

　　久违了的熟悉景象，单调而执着的声音，泥泞而踏实的水田，艰苦而美好的目标，都在这短短的视频里呈现出来了。于我，亦曾是这样类似景象与生活中的一人。虽然已经遥远，这样的经历，却始终是人生活向前的某种力量。我亦永远祝福这一群人，永远为他们奉上自己的微薄力量。东坡语曰：

　　　　平生未省出艰险，
　　　　庶见霜风来几时。
　　　　稻熟鱼肥信清美，
　　　　俯首无言心自知。

最近，有机会旧地重访，是要与一众贤良、青年才俊，在这个园子里共度一段时日。上一次到此，三年之久，是求学问道，读圣贤书，还因此获得了博士的学位。这一次，三月时间，是陪读调适，也要对一专门学问作比较系统的集中培训。非常好，非常好。看着眼前熟识的景致，真是很亲切。东坡语曰：

　　　　荷叶遮门水浸阶，
　　　　晓窗清快夜堂深。
　　　　早岁便怀齐物意，
　　　　一弹指顷去来今。

晚上，在园子里漫走。直到这个亭子里来，有光辉自亭之穹顶吐泻而下。几步之外，则是一片水面，很是令人起"良夜清风月满湖"之念。东坡语曰：

金鼎转丹光吐夜，

倒倾鲛室泻琼瑰，

将去复徘徊。

144

忙完手中的事，已是子夜时分。理一理思绪，窗外传来沙沙沙的声音。我知道，那是劲风吹过了高高的树梢。

风渐起，渐寒，地上开始有层层落叶。真是秋天了！东坡语曰：

> 夜半传新响，
> 暗风惊树摆琳琅，
> 似与幽人语。
>
> 我初无言说，
> 已托西风传绝唱，
> 会听北窗凉。

145

　　起床甚早，打一圈太极拳下来，才听到一处地方播放军队的起床号声，透过园子的围墙而来。我想，那当是有士兵驻扎的单位。

　　疾走过一个小院后的石径，中间隔了一点水面。后院竟也很精洁宁静的样子，这倒也是令人心中起了小小意外。因为，人们往往重视"前面""正面"，而"后面""背面"就往往会有不小的落差。

　　网上有消息，以这两天会出现"最冷早晨"为标题。没看内容，就已经觉得脖子有些凉意了。东坡语曰：

　　　　岁月忽已秋，
　　　　小院闭门风露下，
　　　　归心梦几州。

　　　　暮鼓各鸣楼，
　　　　小院黄昏人忆别，
　　　　同作逍遥游。

秋正爽朗。叶是青绿、金黄、绚红，在午间太阳的映照下，有种种的生气和成熟的气韵。徜徉其间，会令人暂时静心放下，把握生活与生命实在的含义。东坡语曰：

　　　　红叶黄花秋正乱，
　　　　暮云收尽溢清寒。
　　　　无弦且寄陶令意，
　　　　人间有味是清欢。

147

　　园子里的水面上，有两只大的黑天鹅，在同一群金色的鱼——似乎就是所谓的锦鲤——嬉戏。这一幅图景，与中午的阳光正相配，暖暖的，甚是和平宁静。走到很近的地方，它们也一点不怕，依然只是表达和享受着自己的快乐。空气中，只有鱼儿游动和天鹅划水的声音，听起来，就很纯粹。

　　看着看着，心头一动，想起一句诗："欲往南溪侣禽鱼。"东坡语曰：

　　　　他山总不如，
　　　　野鸟游鱼信往还，
　　　　随子到吾庐。


　　　　秋水净芙蕖，
　　　　鱼鸟江湖只自知，
　　　　相对欢有余。

148

东坡语曰：

> 天葩尚青萼，
> 轻红随秋深。

走在林中小路上，有风吹过去，起了一阵声音。树上的叶子开始掉落。尤其是一株株的银杏，有的叶子尚青翠，更多则已变为金黄。

孤独的活化石，银杏，脑子里突然跳出来这幅图景。

今天恰好九九重阳，真是秋天了！东坡语曰：

> 南来寂寞君归矣，
> 约我重阳嗅霜蕊。
> 我欲携壶就君饮，
> 双凫飞去人千里。

> 细雨鱼儿唼轻浪，
> 霜风渐欲作重阳。
> 万籁收声天地静，
> 冷淡为欢意自长。

149

中午时分，阳光恰好。我一个人在园子里穿行。

在这里，我曾经待过三年的时间，然而，竟然也还有不曾走过的角落。

就在几天前，听到这样一种说法：中国虽然有过文化的极度荣光和灿烂，但因为人们都一心去吟诗赋词，风花雪月，终于在近代落到了时代的后面。

一想到这里，我也不禁悚然一惊，原来自己身上竟也有这样大的责任。不过，再一想，自己只是很愚钝的一个人罢了。而且，平时工作生活中间，理性、严肃、思索的时候还是居多，读一读苏诗，算是一种放松、消遣而已。这样想，心中不觉就仍然轻松起来。东坡语曰：

> 寺藏修竹不知门，
> 只寻孤塔认西东。
> 休对故人思故国，
> 万里家山一梦中。

> 鸭绿波摇凤凰影，
> 云舒霞卷千婷婷。

人随远雁边城暮，
一弹指顷去来今。

西风初作十分凉，
林隙依稀漏日光。
安得佳人擢素手，
梦回犹有暗尘香。

150

　　一连十几个清晨，天色未明时候，我在林树下边打太极，都听到小径边草丛中有轻轻悄悄的声音，慢慢移动着，由远及近，让人觉得它是想要认识你。我就猜到是刺猬，但又未确定，因为这个季节，它应是冬眠了。

　　然而，今天却是得睹真容了，果然是刺猬。看来，它已经认定，我们是好朋友了！

　　这些年，因为工作的缘故，曾在一处山中待过较长的时日，夏秋晚上，住处园子里的树下、草丛间，简直就是刺猬的乐园！而在居住的小区里，虽是城市中央，也有很多年可以邂逅刺猬，最多的一次，是互相嬉戏打闹的三只！

　　我知道，刺猬是要冬眠的。上网查了一下，它真该休息了。虽然，我也想天天见着这可爱的小朋友，但我还是更喜欢，明年再见！东坡语曰：

　　　　应有仙人依树听，
　　　　长松落雪惊醉眠。


　　　　一枕昼眠春有梦，
　　　　清溪绕屋花连天。

走在铺满落叶的林中路，没有一个人，很安静。走着走着，就走到许多年前的山间小路上去了。

　　那时候，我正年轻，浑身冒着精神劲儿。夏秋季节，我与乡镇同样年轻的一位从部队回乡的领导，乡党委的副书记，常常就走在山间，要去同居住在山谷坡岭中的百姓见面、攀谈，了解种种乡间情形。工作生活很艰苦，但也有清泉清风、绿树红花，有锦鸡松鼠、山果黄羊。更令人充实安静的是，夜已经很深了，屋子外，是满山的雨，随着爽快的风，持续不停地落在林树上；屋子里，是村里的老支书，一定要与你酌饮醇香的米酒，讲述他年轻时候的种种潇洒情事……

　　走在这样的路上，我依旧能够感受到青春时候的饱满张力。正是仰持这样的张力，人们可以更加从容地生活，向前、向上。东坡语曰：

　　　　豪气正与潮争怒，
　　　　满山风雨作龙吟。
　　　　贤愚岂在遇不遇，
　　　　微官敢有济时心。

152

　　在这个园子里面，已经待了整整一月，生活、思考、忙乱，也与人交流，都是一些杂细小事。想一想，几乎就没有整块的时间。直到今天，才有一点空闲。

　　晚上，一个人在园子里走，所见到的，都是熟识的景物。所想到的，却是别样的思绪。

　　空气颇有些寒意，风从树梢边上振越而去。墙外，是辉煌璨然的灯，很有热闹的意味；墙内，却是安静、踏实。走在明暗不定的林间石径上，一步一步都能明白，自己所要进往的方向，这样想着，头顶树梢上的风声真是远远遁隐而去了。

　　天上没有月亮，倒是一堵小小院墙上挂着一轮明月。东坡语曰：

　　　墟落生晚烟，
　　　扫地焚香闭阁眠。
　　　梦中旧事时一笑，
　　　千载故依然。


　　　云细月娟娟，
　　　谈空说有夜不眠。

却寻三十年前味，

往意浩无边。

周末。难得有一点自己可以支配的时间。

很安静地，整理完手中必须要完成的工作，翻看手机中随手拍摄的一些照片。

有一池残荷的景物，引起自己不小的感触。莲，是古来关于理想君子的一种象征，是美好的绝佳比喻。苏轼诗中就有"炯然莲花出泥涂""渐如濯濯出水莲""天女下试颜如莲"等许多的句子。然而，霜风一起，再美再好，也有残枯萎尽的时候。而这一刻，只能是默默回想"小莲初上琵琶弦""一朵芙蕖，开过尚盈盈"的情景了。

拍摄这些照片时，并没有多想的是，多一些"留白"，多一些强烈对比，多一些树、草、水、影的陪衬，效果就好。反之，就容易给人乱、杂、混同的感受。

就是这样，多一点"留白"，这样的人生才精彩，才有意味、韵味。东坡语曰：

湖上野芙蓉，

一曲阳关情几许？

幽人隐几寂无语。

莲风尽倾倒，
吹得东流竟日西，
家山何在两忘归。

坐看莲池尽，
欲待曲终寻问取，
清樽忘却故人期。

154

昨天下午履行俗事完毕，回到园子里的时候，天色已晚。同行者有人抬头望天，说，这月亮，昨天还是弦月，今日竟已满了的样子！

以前即知"醉茶"一说，今日第一次应在自己身上了！或许，是三两友朋的娓娓述说，款款入心，竟然整夜未能成眠。于是翻书，思索，闻息，内心十分平静，并未曾困倦。却无端想起"弦"与雪夜了。东坡语曰：

明月行看照归路，
朱弦三叹有遗音，
雪夕谁与度？

前些日子，有朋友来电话说，也会到这里来，加入我们的团队。是重新"回炉"，更是再加"锻造"。于是，我就一直盼望着，盼望着这一天的到来。

今天，终于来到了。真是许多年了！整整二十年前，我们在这里共同待了三年，共同学习，共同生活，共同思索，共同欢乐。离开以后，虽然都在北京，见面的机会却并不多。然而，也都互相关心关注着，也都为各自的前进而欣慰，而奋发。与许多人一样，我们都在努力向前！

走在园子里，虽是晚上，路灯明暗处，还满是熟悉的情景、事物，不禁油然而生"须信人生如寄"，"未转头时皆梦"的喟叹。其实，我知道，在这样的慨叹中间，我们却更加扎实地踏在这大地而有坚实的力量，也更加从容自信而愈益豪迈！东坡语曰：

流年暗中偷换，

半生弹指声中。

梦里栩然蝴蝶，

把酒何人心动？

156

有点小欢喜，因为发现近日苦思冥想的一件事，应是上路了。清晨起来，忍不住即集东坡语曰：

> 一笑江山发醉红，
> 梦魂不到蓬莱宫。
> 万籁收声天地静，
> 世外无物谁为雄！

我一向很少向朋友推送新闻讯息。最近，却几次向一众青年才俊传播嫦娥五号的消息，这更是绝少！

凌晨一醒来，即看到友人所推送的嫦娥五号返回的最新消息。不禁有些兴奋，随即又推送出去……

清冷的晨光中，疾行。脑子里突然冒出来"寂寞嫦娥舒广袖"的句子，我不禁恍然大悟：嫦娥，嫦娥，国人长久以来，始终盼望着归来的神奇传说！

不由地，心中轻轻漾起一句话：为了你的归来，我已等了一万年！

应和胸中起的无限波澜，乃翻检一番，得嫦娥诗二阕。东坡语曰：

上方仙子鬓眉纤，

我闻其来喜欲舞。

自笑尘劳余一念，

风骨自是倾城姝！


美人微笑转星眸，

仙风入骨已凌云。

佩环何处鸣凤瓯，

只有闲心对此君！

离开园子了。特别的日子已然过去，而特别的情愫愈益积淀发酵。

三五友朋，慰问慰藉，款款温情，酒浓酒烈，掩映不住一种深情。东坡语曰：

> 一曲满庭芳，
>
> 开宴出红妆，
>
> 醉乡杳杳谁同梦，
>
> 不用诉离觞！

**159**

这个冬天，与一众青年才俊有三月之缘，共同学习生活、思考探索。其间，本来有计划思考一些问题、阅读一些书籍，却因为疏懒，没能够完成。于是，只能现在把想要思考解决的问题，再重新梳理一遍，重新作出计划。此刻，桌子上即摆满了一大堆各式各样的书籍资料，一个人慢慢翻看，慢慢联缀，慢慢酝酿着再出发、再扬鞭的精神劲头。

前些日子，偶有缘再次读到王勃的《江亭夜月送别二首》：

江送巴南水，
山横塞北云。
津亭秋月夜，
谁见泣离群？

乱烟笼碧砌，
飞月向南端。
寂寞离亭掩，
江山此夜寒。

读罢，掩卷而思，总觉得"寂寞离亭掩，江山此夜寒"的句子，太清、太冷，甚有凄凉的意思，这似乎于上进中的青年、于工作中的人们，并不太相宜。

于是，翻检东坡，缀集出两阕"寂寞"句，又还不甚惬意，就不计平仄再集了一首诗，以显示向上、向前的心绪。东坡语曰：

一曲满庭芳，
殷勤且更尽离觞，
寂寞无人见。


潋潋夜未央，
梦回犹有暗尘香，
寂寞千岁事。


五更晓色来书幌，
万里红波半天赤。
大隐本来无境界，
世间唯有蛰龙知。

160

　　前些日子待在园子里时，有心的人拍下许多精美的照片。我也拍了一些，虽然并不给人美轮美奂的感觉，却能使自己起默默的思索。等到离开了，大家有机会再来比较，却都会有一些小小发现，发现他人所拍摄的，总有自己意想不到的效果。就犹如生活中的美，常常是在意料之外的小小角落自在绽放。

　　在园子里，我每天都起得很早，天色总是还很暗，这时印象最深的，乃是明月。一轮皓月，清冷高悬，静穆无语，始终只是按着自己的节奏，向前运行，傲视着人间。

　　古时人们的诗词中，关于明月，始终是一个长盛不衰的主题。

　　　我本将心向明月，
　　　奈何明月照沟渠。

　　这是人们常挂口头的两句明月诗，直白却有妙趣。我记得，似乎在电影《天下无贼》里，也曾以特别的方式引述过这两句。

　　而李白的《闻王昌龄左迁龙标遥有此寄》，也是很早就熟记过的：

　　　杨花落尽子规啼，

闻道龙标过五溪。

我寄愁心与明月，

随风直到夜郎西。


这一首诗，则记得在一个熟识的朋友名为《西州月》的小说中，也为人所引用，以向朋友寄托一种深情。

东坡诗中，同样也是如此，有许多关于明月的句子。

大家就在手中，传看着各色各样的照片，而这几张，竟然会令人有格外的情绪，觉得怎么会如此干净、纯粹、安静，不禁令人起"此心安处是吾乡"的感慨，也让人怀念着那里的明月。

看着这几位朋友，亲切亲近，从容自若，虽然已经从集体的相处与生活中分离开来，却因为近，真是"不用诉离觞"，只要有心，甚至还可以"醉笑陪公三万场"。

于是，忍不住以"明月"为题目，翻检诗书，硬凑得数句。东坡语曰：


扫地焚香净客魂，

招呼明月到芳樽。

上方仙子鬓眉纤，

绣罗衫与拂红尘。


梦里栩然蝴蝶，

明月自写天容。

且趁闲身未老，
不与梨花同梦。

故人应在千山外，
相望落落如晨星。
多情明月邀君共，
仙风锵然韵流铃。

本来是想要查阅一套《船山选集》，却顺带着翻出两种线装的出版物：一是一册《谢觉哉日记（1921）》手稿本，此为一些年前，当时尚健在、已近百岁高龄的王定国老人所赠送；二是上下两册《毛泽东周恩来刘少奇朱德邓小平陈云为人民日报撰审稿手迹选》。于是，趁着有些兴致，又稍稍翻了一道。

　　谢老日记中，最引起我注意的，乃是富兰克林的自律十三条，这个以前即知道，但没有想到会在这本日记中出现。而且，在我看来，这十三条与中国古人许多自律也是相仿的。

　　前贤大德撰审稿手迹选，我所感受最深的，则是在波澜壮阔的历史进程中，思想与文字作为滔滔巨流之下深层次力量的展现状态，以及这种展现当中所蕴含的宏大无私情怀。

　　句句真经，字字珠玑。虽然，囿于时代环境的约束，每个人都会有自身的局限，力量也会很有限度，然而，以思想的力量推动着这个社会，坚定地朝着目标前进，总是要值得我们敬礼！东坡语曰：

　　　簿书常苦百忧集，
　　　谁把前言语化工，
　　　可闻不可逢。

簿书颠倒梦魂间，
群仙出没空明中，
坐咏谈天翁。

簿书丛里过春风，
文章还复富波澜，
一笑开天容。

162

　　久静思动。趁着午间微阳，绕西海一周。湖面上一小块还是水面，大部面积凝霜为冰，也就带了些寒意。而水波流动，冰面下随之震动，就有低沉惊醒的声音阵阵传来，蕴含酝酿着无穷生命力量的样子。东坡语曰：

　　　　不嫌冰雪绕池看，
　　　　龙吟彻骨清，
　　　　笑语作春温。

163

前几天，因为向人询问一件事情，偶然知道曾经短暂接触过的一地方人士，因为个人的原因，前程突然断绝。乍闻之下，不禁有些惋惜的意思。

我是因为工作的原因，到此一地方上，与一些方面的人接触，作种种交流。这个人，乃是地方上一主要的负责人士。其于我，虽然因为过分热情与照顾，以至于让我到了不习惯的程度，但其年轻有干劲，能力思想、眼界视野，在我看来，也可以说是出于众人的了。然而，现在前程突然就此打断，等于新星突然凋落了！

有较长的时期了，关于完全不认识、仅仅知道名字、有过少许接触、较熟识的各种人，发生类似情况，总会不时听到一点。这样，于亲近的友人，环境合适的时候，我总会说些约束的看法，当然，多是讲故事。个人想法，是要敬天守正，追求既如履薄冰，又豁然达观、和谐平衡的人生状态。东坡语曰：

人生安为乐？
过眼荣枯电与风，
醉笑一欢同。

民病何时休？
微官敢有济时心，
无私乃是天。

**164**

独自喝茶，一壶两杯，名为"演绎"！我心里就说：等着你呢！东坡语曰：

> 不问繁华与寂寥，
> 尝尽溪茶与山茗。
> 卷帘推户寂无人，
> 惟见空庭满山雪。

有点小惊讶，似乎是在非完全正常的、兴奋的，又是沉迷的状态下，居然弄出来这许多句子集成的文字。"醉"，是诗人的一种常见的情状。于东坡，亦同样如此，因此写得甚多。凑了一堆句子，并非写实，只是表现一个主题而已。谦卑中和，鞠躬敬礼！东坡语曰：

　　　　使君来呼晚置酒，
　　　　扑蝶西园随伴走，
　　　　只恐暗中迷路。
　　　　声色相缠心已醉，
　　　　满座疑闻锦绣香。
　　　　绝胜醉倒蛾眉扶，
　　　　见此二美喜欲狂。
　　　　梦中了了醉中醒，
　　　　相逢一醉是前缘。
　　　　苦念情，遣谁听，
　　　　不如眼前一醉，
　　　　是非忧乐都两忘，
　　　　仰看白云天茫茫。

**166**

　　今日立春。有友人在朋友圈里发出了宣言："莫道春来早，奋斗正当时。"一时兴致起来，翻检东坡诗词，以记之。

　　此时，窗外太阳正温和照射进来，真正是春天的消息。东坡语曰：

　　　　意与秋气高，
　　　　便丐春工，
　　　　共占春风。
　　　　花浪翻天雪相激，
　　　　鲲鹏水击三千里，
　　　　一时多少豪杰。